KB268633

학교 가는 길

학교 가는 길

좋은땅

'누구나 학교 가는 길은 행복해야 한다.'라는 믿음 하나로 한 평생을 걸어왔다. 교단에 서 있을 때나 교육행정을 펼칠 때나, 그 중심에는 언제나 아이들이 있었고, 학교라는 공간이 더욱 따뜻하고 희망 가득하길 바라는 마음뿐이었다. 그렇게 매일 아침 아이들보다 먼저 "학교 다녀오겠습니다."를 외치며 내 자리로 향했다.

『학교 가는 길』은 교사로 살아온 삶 그리고 한 사람으로서 걸어온 시간의 기록이다. 1부 「학교 다녀오겠습니다」에서는 매일같이 '학교'라는 이름 아래 걸었던 여정을 담았다. 때로는 설레는 발걸음으로, 때로는 무거운 책임감 속에서, 하지만 언제나 따뜻한 마음으로 나선 그 길에는 아이들과 마주하는 교실의 시간, 동료들과 함께한 나날들, 그리고 필자를 성장시킨 수많은 경험이 녹아 있다.

이 길은 단순히 지식을 전달하는 자리를 넘어서, 서로 다른 삶들이 부딪히며 함께 성장하고 변화하는 시간이 되었다. 아이들은 교사를 통해 세상을 배우고, 교사는 아이들을 통해 사람을 더 깊이 이해하게 된다. 교육행정을 맡으면서 교육이라는 일이 얼마나 섬세하고 복잡한 일인지 실감할 수 있었다. 현장의 목소리를 듣고 학교의 방향을 잡아 가며, 다양한 이해관계를 조율하고 조정하는 과정은 교실에서의 수업과는 전혀 다른 차원의 책임감을 요구했다.

필자의 하루는 언제나 '학교'라는 말로 시작해서 '학교'라는 말로 끝났다. 계절이 바뀌고, 학생들이 졸업하고, 동료들이 떠나고, 새로운 얼굴들이 찾아와도, 중심엔 늘 학교가 있었다. "학교 다녀오겠습니다."라는 말은 그냥 인사로 끝나는 게 아니라, 스스로 마음을 다잡는 하나의 의식 같은 말이었다.

2부 「학교 다녀왔습니다」는 지난날을 돌아보는 회고의 시간이다. 교사의 책임을 내려놓는 지금, 그간의 삶 속에서 필자를 일깨워 준 소중한 순간들과 감사의 마음을 전하고자 한다. 또한 이 길을 걸어갈 후배 교사들에게 그리고 오늘도 학교 가는 길목에 선 모든 이들에게 작은 부탁을 남기고 싶다. 학교는 단지 지식을 배우는 곳이 아니라 사람을 만나는 곳이며 함께 살아가는 방법을 익히는 곳이어야 한다는 사실을 잊지 않기를.

『학교 가는 길』은 특별한 이야기가 아니다. 하지만 그 평범한 날들 속에 담긴 진심과 노력 그리고 끝없는 배움의 순간들이 지금도 누군가의 가슴에 닿기를 바란다. 이 글이 학교를 사랑하는 이들에게 작은 떨림과 따뜻한 위로가 되기를 바라며 다시 한번 그 익숙한 인사를 떠올린다.

"학교 다녀오겠습니다."

차례

1부

학교 다녀오겠습니다

1부

학교 다녀오겠습니다

1
존재는 불러 줄 때 피어난다

1971년 3월, 작은 시골 마을의 한 소년이 초등학교에 입학했다. 교실은 비좁았다. 60명이 넘는 아이들이 한 공간에 빼곡히 앉아 있었고 선생님의 목소리는 교실 끝까지 닿지 않았다.

학교까지는 산을 넘고 논두렁을 지나 매일 3~4km를 걸어야 했다. 그 길 위에서 인내를 배웠고, 조심성을 익혔으며 끈기를 체득했다. 길은 험했지만, 마음은 단단해졌다.

필자가 태어나고 자란 마을은 외딴 시골이었다. 정서적, 심리적으로 먼 거리였고, 행정구역상으로도 항상 주변부에 머물렀다. 전기, 전화, TV 같은 문명의 기본적인 혜택조차 행정(면) 소재지보다 10년 이상 늦게 들어왔다. 당시에는 몰랐지만 성장하면서 알게 되었다. 문명의 외곽에서 살았다. 그 차이는 단지 전기와 전화에서만 그치지 않았다. 교육의 질, 문화적 기회, 정보 접근성에서도 큰 차이가 있었다. 어른이 되어 돌아보니 그것은 분명한 구조적 불평등이었다.

베이비붐 세대의 끝자락에 속한 아이였다. 한 마을의 열여덟 명이 같은 학년으로 함께 입학했고 6년 동안 같은 반으로 함께 졸업했다. 바뀌는 것이라곤 가끔 교과서 표지의 색깔 정도였지만, 우리는 서로의 이름과 가족사를 훤히 알고 있었다. 관계는 깊었고, 정은 넘쳤으며 익숙함이 우리의 유대를 만들어 주었다.

입학 첫날, 선생님은 말했다. "부모님이 선생님인 사람, 손 들어 봐라!" 한 친구가 손을 들었다. 이후 과정은 잘 모르겠지만 그는 반장이 되었다. '불공정'이란 단어조차 몰랐다. 마음은 왠지 불편했다.

그 경험은 훗날 교단에 서게 되었을 때 다시 떠올랐다. 존 롤스의 정의론처럼 교육은 투명한 절차와 정의로운 선택이 바탕이 되어야 한다는 신념이 가슴 깊이 자리 잡았다. 교실에서의 공정은 곧 신뢰의 시작이었다.

그러나 우리 학교의 현실은 공정과는 거리가 멀었다. 소풍 가기 전날, '오락부장'이란 직책을 일방적으로 통보받았다. "내일 소풍이니까, 네가 오락을 맡아." 그것이 전부였다. 오락이 뭔지, 부장이 뭔지도 몰랐다. 혼란스러웠다. 아이들 앞에 서본 적조차 없는 시골 어린 소년이 갑자기 '무대의 중심'이 되어야 하는 상황은 공포에 가까웠다.

그날 밤, 거의 뜬눈으로 밤을 새웠다. 무엇을 준비해야 할지, 어떤 말부터 꺼내야 할지 알 수 없었다. 머릿속은 하얗게 변했고 조그만 가슴은 두근거림을 넘어 통증처럼 떨렸다. 혹시 실수라도 하면 웃음거리가 되는 건 아닐까. 선생님의 신뢰를 배신하는 건 아닐까. 맡겨진 무게는 너무 무거웠다.

결국 소풍 당일, 아침 일찍 짐을 챙기고 등굣길을 따라나섰다가 조용히 산속으로 방향을 틀었다. 12년 정규 교육과정 중 유일한 무단결석이었다. 햇살은 따뜻했지만, 마음은 어두웠다. 도피했고 순간을 모면했지만, 그 선택이 더 큰 상처로 돌아올 줄은 몰랐다.

다음날, 아무도 묻지 않았다. "어디 있었느냐?", "왜 오지 않았느냐?" 특히 책임을 준 선생님조차 아무 말이 없었다. 늘 함께 앞장서서 등교하던 형도, 매일 조잘대던 친구들도 찾지 않았다. 마치, 그 자리에 처음부터 존재하지 않았던 사람처럼.

그러던 어느 날, 한 분의 선생님이 나타나셨다. 초등학교 4학년 때였고, 그분은 막 교단에 선 젊은 초임 교사였다. 모든 아이의 이름을 외우고, 하루에 한 번씩 꼭 칭찬해 주셨다. 그 칭찬을 듣고 싶어서 매일 아침 누구보다 먼저 교실에 들어가 빗자루를 들었다. 처음엔 그저 칭찬받고 싶어서 시작한 일이었지만, 어느 순간부터는 누군가에게 의미 있는 존재로 느껴지고 싶어서, 그 감정을 확인받고 싶어서 움직이게 됐다. 칭찬을 위한 행동이 아니라, 존재의 가치를 느끼고 싶었던 거다.

필자는 3학년 때까지만 해도 국민교육헌장을 외우지 못해 나머지 공부를 해야 했다. 친구들 사이에서도 그저 그런 존재였다. 그런데 필자가 어느 순간부터 등교가 기다려지고, 수업이 기대되기 시작했다. 조용하지만 분명하게 달라지기 시작한 것이다. 점점 밝고 쾌활해졌고, 사람들 눈에도 띄는 아이로 바뀌어 갔다.

고학년이 되면서 매주 월요일 애국 조회 행사를 위한 기수단으로 뽑히게 되었다. 키가 크고 행실이 바르다는 이유였다. 당당히 운동장 중앙으로 나가 태극기를 게양하고 경례를 주도하는 그 자리는 필자에게 자긍심과 책임감을 동시에 심어 주었다.

그 무렵, 학교에서는 농구부가 다시 만들어졌다. 농구선수로 선발되어 활동하게 되었다. 농구는 단순한 운동이 아니었다. 바로 위 형이 3년 전 농구선수로 도대회에 출전했던 모습은 어린 마음에 강한 자극으로 남아 있었기 때문이다. 형처럼 되고 싶었다. 매일의 연습이 기다려졌고, 땀 흘리는 시간이 즐거웠다.

그런데 집에서는 전혀 다른 결정을 했고, 결국 집안일에 일손이 부족하다는 이유로 농구부를 그만두어야 했다. 큰형님이 농구부 선생님을 찾아뵙고 정중히 사정을 설명하여 허락을 구했고 그렇게 필자의 운동부 생활은 막을 내렸다.

하지만 그 경험은 결코 헛된 것이 아니었다. 이후 체육 교사

가 된 뒤, 오락부장으로서 느꼈던 무력감과 농구부 활동의 중단
은 잊히지 않는 기억으로 남았다. 무엇보다도 성장기 내내 겪었
던 문화적 소외와 차별, 전기조차 늦게 들어왔던 고향의 아픔은
삶 전체를 관통하는 흔적이 되었다. 어른이 된 뒤, 그 차이를 스
스로 메우고 싶다는 마음이 깊어졌다.

그래서 교육행정을 맡게 되었을 때, 누구보다도 열정적으로
현장을 살피고 놓치는 아이는 없는지 꼼꼼히 챙겼다. 어찌 보
면 인생 전체가 그 간극을 좁히기 위한 몸부림이었다고 해도 과
언은 아닐 것이다. 성장기의 경험은 단순한 과거가 아니라 모든
결정과 방향을 이끈 동력이었다. 그리고 그것을 통해 교사는 단
지 지식을 전달하는 존재가 아니라 삶의 구조를 바꾸는 실천자
여야 한다는 확신을 품게 되었다.

그 시절의 불공정한 교육 현실은 교직 철학을 단단하게 만들
었다. 반공 웅변대회, 운동회, 각종 행사의 주인공은 언제나 선
생님 자녀들이었고 기회는 특정 아이들에게만 돌아갔다. 운동
장은 이미 기울어져 있었고 나머지 아이들은 들러리에 불과했
다. 그 장면들을 가슴에 새기며 반면교사로 삼았다. 어떤 자리
에서도 모두에게 공정한 기회를 주려는 이유는, 그 시절 '우리'
가 철저히 배제되었기 때문이다.

칼 로저스는 말했다. "진정한 교육은 가르치는 것이 아니라,
존재를 인정해 주는 것이다." 초등학교 4학년 때의 그 선생님을

통해 존재를 불러 주는 교사의 의미를 깨달았다. 지금도 교단에서 힘겨운 순간마다, 그분을 떠올린다. 그래서 필자는 아이들의 이름을 잊지 않으려 애쓴다. 이름을 부르는 순간 존재는 피어난다.

2
품으로 가르친 교육

어머니는 시대를 앞서간 분이셨다. 글을 배우고 세상의 이치를 재치 있게 풀어냈으며, 무엇보다 사람을 대하는 태도에서 빛나는 지혜를 지니신 분이셨다.

어머니의 교육은 책상이 따로 없었다. 말보다 행동이 먼저였고 질책보다는 기다림이 있었다. 어느 날, 마을회관에서 친구들과 함께 등잔불 하나에 의지해 공부하던 중, 석유가 떨어졌다. 친구의 제안으로 그의 작은아버지 정미소 기름통에서 조금만 가져오기로 했고 우리 모두 동의했다. 그러나 정미소 주인은 친구 작은아버지임에도 불구하고 허락받지 않고 기름을 가져갔다는 이유로 가방을 빼앗으며 우리를 훈계하셨다.

그날 저녁, 어머니가 나타나셨다. 위풍당당한 자태에 목소리는 단호했다. "이 아이들이 커서 어떤 사람이 될 줄 알고 희망을 꺾습니까? 차라리 제 뺨을 때리십시오. 아이의 꿈은 꺾지 마십시오." 우리는 가방을 돌려받았고, 처음으로 '내 편이 되어 주는 어른이 있다는 것'의 진짜 의미를 알게 되었다.

비슷한 일이 또 있었다. 농구부 훈련을 마치고 친구들과 장난치며 귀가하다가 참외밭 가장자리를 밟았다는 이유로 그때도 가방을 빼앗겼다. 어머니는 조용히 말씀하셨다. "잘못은 가르치되 아이의 희망을 빼앗지 마십시오. 그건 마음을 꺾는 일입니다."

그때 우리가 받았던 것은 어른의 품이었고 아이들의 무한 가능성에 대한 어른의 절대적 믿음이었다. 어머니는 아이의 실수를 질책하되 존엄을 무너뜨리지 않으셨다. 그래서 가르침은 말이 아니라 품에서 나온다는 걸 알았다.

어머니는 생필품을 도매로 사다 동네에 팔며 생계를 보태셨다. 어머니는 물건을 파는 도매가게에 필자를 자주 데리고 다니셨다. 어느 날, 충동을 이기지 못하고 껌 하나를 몰래 주머니에 넣었다. 무거운 죄책감에 어머니께 고백했을 때 어머니는 의외의 말씀을 하셨다. "괜찮다. 껌 하나도 못 사 주는 내가 부끄럽다. 넌 나중에 커서 마음을 읽을 줄 아는 사람이 되어라." 그날 껌을 먹지 못하고 동생에게 건넸고 그날 이후 '책임'이라는 단어가 마음속에 자리 잡기 시작했다.

어머니는 자녀 교육에도 남다른 열정을 지니셨다. 1녀 5남을 두고도 단 한 사람도 놓치지 않으려 애쓰셨다. 어머니의 교육

철학은 늘 같았다. "사람답게 살아라." 어머니는 우리 형제들을 '각자의 삶의 주인'으로 키우고자 했다. 그런 헌신과 사랑으로 인해 어머니는 '장한 어머니상'을 수상하시기도 했다. 단순히 자녀 수가 많았기 때문이 아니라 그 안에서 실천한 교육의 모범이었기에 가능했던 일이다.

어머니의 품은 단지 '따뜻한 사랑'의 의미를 넘어선 무언가가 있었다. 그것은 불안정한 시대 속에서도 흔들리지 않는 중심이었고 타인을 대하는 태도를 배우게 해 준 기준이었다. 근무지를 옮길 때마다 먼저 '어려운 아이'를 찾는다. 밥을 안 먹는 아이, 친구들과 어울리지 못하는 아이. 그들은 말없이 신호를 보낸다. 필자는 그 신호를 읽을 수 있다. 어머니에게서 배운 마음의 언어이기 때문이다.

지금까지의 이야기는 한 가정의 사소한 일화처럼 보일 수도 있다. 그러나 이 모든 것은 단지 사랑만으로는 설명되지 않는다. 어머니는 항상 '대의'를 바라보셨다. 단기적 처벌보다 아이의 성장을, 즉각적 질책보다 미래의 자립을 생각하셨다. 그것은 시대를 앞서간 통찰이었고 아이를 키우는 부모로서의 깊은 결단이었다.

오늘날 많은 갈등은 '피해 의식'에서 비롯된다. 눈에 보이는 결과만을 따지고 그 순간의 감정만을 들여다본다. 하지만 어머니의 품은, 그리고 그 품에서 배운 교육은 '숲을 보는 눈'이었다. 아이의 실수 뒤에 숨은 성장 가능성을 보고, 존엄을 지키면서도 가르칠 수 있다는 믿음. 지금도 그 철학을 품고 아이들과 마주한다.

어머니는 삶의 첫 번째 선생님이셨고 교육철학의 시작이었다. 어머니의 그 품 그 말 한마디가 지금의 필자를 만들었다. 그래서 지금도 누군가를 대할 때 '존재로 바라보고, 존재를 불러 주는 사람'이고 싶다. 그것이 교육이라는 신념 아래 흔들림 없이 살아가는 이유다.

3
이름 없는 스승

필자의 뿌리를 더듬어 올라가면, 예술과 학문 그리고 노동. 그 셋이 모여 가족의 이야기를 만들었다.

특별한 날이 오면, 사람들은 한 사람을 찾곤 했다. 바로 증조부였다. 마을마다 큰 행사가 있을 때면, 증조부는 용대기(龍大旗)를 직접 그려 주셨다. 붓끝에서 살아 움직이듯 펼쳐지던 용은 마을의 기운을 북돋아 주었고, 그 모습은 모두의 기억에 깊이 남았다. 민속 화가였던 증조부의 작품은 지금도 고향 일대와 국립민속박물관에 보관되어 있다. 그것은 단순한 그림이 아니라, 가문의 자랑이자 소중한 유산이었다. 알게 모르게 그분의 손끝에 담긴 정성과 정신이 필자에게 전해졌고, 교단에서 무언가를 가르치는 일에도 자연스레 밑바탕이 되어 주었는지도 모른다.

조부는 만주에서 사법대서소(지금의 법무사무소)를 운영하시다 해방과 함께 고향으로 돌아오셨다. 그는 마을 중심에 서당을 차려놓고 한학을 가르치셨다. 일대에서 '이 선생님'이라 하면 모르는 이가 없었다. 그분의 후광 속에서 자랐지만, 그 시절 선비정신과 청빈낙도는 산업화와 근대화의 물결 앞에서 점점 뒤편으로 밀려났다. 존경은 받았지만, 현실은 궁핍했고 자랑스러웠지만 경제적 어려움은 피할 수 없었다.

아버지는 시대를 읽는 분이셨다. '앉기 전에, 서기 전에 생각하자'라는 실천적 사고를 지닌 분으로, 미장 기술을 익혀 70년대 주택 환경 개선 사업을 통해 이름을 날리셨다. 새마을운동을 이야기할 때 결코 빠질 수 없는 진정한 새마을 지도자셨다. 그 실력은 사찰에서도 인정받아 천장사, 수덕사 등으로 원정 출장도 잦았고 석회를 잔뜩 뒤집어쓴 채 귀가하시는 아버지의 뒷모습은 그 어떤 교훈보다 강했다. 기능인으로서의 자부심과 가장의 책임감을 온몸으로 보여 주신 분이었다.

아버지는 3형제 중 장남이셨다. 6·25 전쟁이 발발했을 때, 전국의 젊은이들이 징집되는 상황 속에서 둘째 작은아버지가 아버지를 대신해 군대에 입대했다. "형님이 가시면 우리 집 생계는 누가 책임지겠습니까?"라는 한마디로, 자신의 생명을 걸고 형의 이름으로 입대한 것이다. 전쟁이 오랫동안 지속되면서 결국 아버지도 군에 입대해 호국영웅 칭호를 받으셨지만, 앞날을 예측할 수 없던 그 시대에 형제를 대신해 목숨을 내건 선택은 지금도 우리 가족에겐 큰 메시지로 남아 있다. 그것은 단순한 우애를 넘어선 시대를 초월한 희생과 연대의 가르침이었다.

우리 형제들도 그런 가르침 아래에서 자라났다. 먹을 것이 부족하던 시절, 늘 윗사람부터 숟가락을 내려놓는 전통이 있었다. 어린 동생을 먼저 챙기기 위한 아주 소박한 배려였다. 지금 생각해 보면, 어린 것들이 그리도 살뜰히 서로를 챙겼던 모습이 대견하고 눈물겹다. 형제 중 누구의 친구가 찾아오든, 모두가 앞다투어 따뜻하게 맞이하고 나누었던 마음. 그래서인지 지금도 낯선 이에게 먼저 손을 내미는 습관이 몸에 배어 있다. 친절은 그렇게 가족 속에서 자라난 자연스러운 결과였다.

어머니는 일제강점기 안양의 방적 공장에서 일하셨고, 그 시절 한글을 깨치고 신문화를 접한 선구적인 분이셨다. 그 영향인지 자녀 교육에 대한 열망도 남달랐다. 우리 집은 1녀 5남의 대가족이었다. 맏딸인 누님은 필자보다 15살 위였고, 어머니는 그녀를 서울에 있는 고등학교에 진학시켰다. 당시 초등학교만 졸업해도 괜찮다고 여겨지던 시절이었다. 뒤이어 큰형님도 서울로 학교를 보냈고, 그로 인해 우리 집의 생계는 위태로워졌다. 동생들이 남은 농사일을 맡아야 했고, 아버지는 가족을 부양하기 위해 더 멀리까지 일하러 다니셔야 했다. 모두가 제 역할을 알았고 그 역할에 불만을 가지지 않았다.

또한, 아버지께서는 농지를 확장하는 일에도 열정을 보이셨다. 주변에서 누가 땅을 판다고 하면 일단 사두고 보자는 마음으로 무리해서라도 사들이셨고, 그로 인해 빚도 불어났다. 그 빚은 결국 우리 형제 모두가 함께 짊어져야 할 몫이 되었다. 감자나 마늘을 수확하면 잘생긴 놈들은 팔려 나가고 우리는 남은 것을 먹었다. 하지만 누구 하나 불평하지 않았다. 형제간의 우애와 이해가 우리 가족의 핵심이었다. 그래서 지금의 우리 형제는 말이 없어도 통하고 의지가 필요할 때 먼저 손을 내미는 그런 존재들이다.

분명 학생이었지만 지게를 지고 낫을 든 학생이기도 했다. 마을의 부역 그리고 농사일은 그저 일상이었다. 자연은 그 자체로 아름다웠지만, 어린 시절의 자연은 생계를 위해 씨름해야 할 대상이었다. 그래서 지금도 누가 식물을 키운다고 하면 왠지 모르게 거리를 두고 싶어진다. 자연의 아름다움보다는 그 속에서 허리를 굽혀 일하던 고단함이 먼저 떠오르기 때문이다.

이후 교단에 서고, 교육행정을 하게 되며 다시 고향에 오게 되었지만, 그 과정은 한 아이가 한 시대와 한 가정을 온몸으로 겪고 걸어온 여정이었다. 뿌리는 여전히 그곳에 있고, 이름 없는 스승들—증조부, 조부, 부모님, 그리고 형제들—은 진정한 선생님이셨다. 그들은 가르친 것이 아니라, 함께 살아냄으로 삶을 배우게 하였다. 그것이야말로 가장 위대한 교육이며, 지금도 지켜 가야 할 삶의 기준이다.

4
까까머리 중학생의 봄

1977년 3월, 형이 물려준 교복을 입고 가슴 속엔 알 수 없는 설렘과 긴장을 품은 채 중학교 교문에 들어섰다. 인근 두 개 초등학교 학생들이 모여드는 곳. 익숙한 얼굴도 있었지만, 낯선 이름 그리고 '상급생'이라는 존재가 주는 묘한 위압감이 공기를 지배하고 있었다.

초등학교 6년 동안 한 마을 친구들이 같은 반에서 웃고 떠들던 시절은 끝났다. 이제 우리는 60여 명씩 5개 반으로 편성된 그 속으로 흩어졌다. 마치 새로운 세상에 던져진 기분이었다. 교문 앞에서는 '규율부' 형들이 매서운 눈빛으로 대기했다. 교복의 단추 하나, 머리카락 길이까지 통과해야만 교실로 들어갈 수 있었다.

매주 월요일 아침이면 비가 오나 눈이 오나 애국 조회가 열렸다. 운동장에 선 학생들, 몸이 약한 아이들은 종종 쓰러졌다.

아이들이 몇 명 쓰러지고 나서야 교장선생님의 훈화가 끝났다. 그건 마치 정해진 의식 같았다.

우리 학년은 남녀 비율이 비슷해 5개 학급 중 중간의 3반은 남녀 합반으로 편성됐다. 2학년이 되던 해, 학교는 성적 우수자를 중심으로 2-3반을 새로 구성했다. 그러나 장학지도에서 '차별적 운영'이라고 지적받고 중간에 반을 다시 섞었다. 그 덕분에 한 해에 두 분의 담임선생님을 모시는 독특한 경험을 했다.

중학생이 되자 등하굣길엔 늘 자전거가 함께했다. 학교에는 자전거 거치대가 따로 없었다. 학생들은 자연스레 학교 근처 자전거포(자전거 수리점)에 자전거를 맡기고 다녔다. 자전거포 앞엔 자전거들이 빼곡히 줄지어 있었고, 그 속에서 필자의 자전거는 멀리서도 단번에 알아볼 수 있었다.

짐받이에 달린 막걸리 통이 바로 그 표식이었다. 수업이 끝나면 으레 양조장에 들러 막걸리를 받아 집으로 실어 나르는 것이 임무였으니, 자전거 뒤에 달린 막걸리 통은 하루의 마침표 같은 존재였다. 형도 그랬고, 동생도 그랬다. 우리 집 형제들은 대를 이어 모두 하굣길 '막걸리 운반책'이었다.

아버지께서는 약주를 좋아하셨지만, 동네 주막을 이용하는 것은 사치라고 생각하셨다. 언제나 집에서 마시는 것을 귀하게 여기셨고, 검소하고 소박한 성품은 마을 사람들 사이에서도 정평이 났었다.

그러던 어느 날, 마을에 청천벽력 같은 소식이 전해졌다. 저수지를 만든다며 우리 마을 절반이 수몰된다는 것이다. 지금 같으면 주민 설명회나 보상 협의가 있겠지만, 1970년대 군사정권 시절엔 그런 절차는 사치였다. 그저 '윗선'의 결정에 따르는 것 외엔 선택지가 없었다. 농토와 집, 그리고 필자가 뛰놀던 아랫마을 전체가 물속으로 사라질 운명이었다. 친척과 이웃이 하나둘씩 보상금을 받고 타지로 떠났다. 작은댁도 농토가 모두 수몰되게 되어 이사를 해야 했지만, 아버지는 조상 산소와 고향을 지키겠다는 일념으로 작은댁 땅을 인수해 마을에 남으셨다.

이 때문에 마을에 새로운 '사업'이 생겼다. 수몰 예정지에서 골재를 채취해 인근 도로포장에 쓰는 일이었다. 어른, 아이 할 것 없이 망치를 들고 냇가로 나갔다. 온종일 땅을 파고 돌을 깨서 필요한 크기의 자갈로 만들어 팔았다. 그 일은 저수지 둑이 완성될 때까지 2~3년간 이어졌다.

마음속 고향집도 결국 수몰지구에 포함됐다. 조부께서 서당을 운영하시려 지은 집은 마치 근대식 학교처럼 아래채에 훈장실, 글방, 큰 마당, 화단까지 갖추고 있었다. 화단에는 장미, 목련, 목단, 수국, 그리고 위엄 있는 한 쌍의 은행나무가 서 있었다. 지나던 사람마다 발걸음을 멈추고 감탄하던 집이었다. 그 집이 해체되었다.

그 시절 학교생활을 돌아보면 아쉬움이 많다. 시험 시즌이 되면 선생님마다 각양각색의 방법으로 참고서를 알리고 그곳에서 출제하기도 했다. 심지어 전년도 시험 문제를 그대로 반복하여 출제하는 경우도 있었다. 우리는 공부 방법을 배우기보다, 오로지 점수를 올리는 요령에 더 밝았다.

교직 문화도 썩 좋지 않았다. 어떤 선생님은 본인의 대학원 과제를 학생들에게 공공연하게 시키기도 했고, 수업 시간에 "내가 왜 여기 시골구석까지 왔는지 모르겠다."라고 푸념을 늘어놓는 경우도 허다했다.

또래 중 유난히 교직에 입문한 친구들이 많았다. 아마도 그 시절을 반면교사로 삼아, 훌륭한 선생님이 되겠다는 다짐이 있었으리라 믿는다. 필자 역시 교사가 되었고, 어느 날 한 친구가 당시 선생님들의 문제점을 짚으며 걱정해 주었다. 처음엔 서운했지만, 지금은 고마운 마음뿐이다.

그 시절, 중간에 도심지로 전학 가는 친구도 많았고, 상위권 학생이 도심지 고등학교로 진학하는 것은 자연스러운 흐름이었다. 정보는 부족했고, 진로 상담은 담임선생님의 말이 전부였다. 결국 담임의 권유대로 도심지 고등학교로 진학하며 고향을 떠났다.

고향을 떠난 뒤에도 마음 한편에는 여전히 목련과 목단, 은행나무가 서 있는 집, 자갈을 깨던 냇가, 그리고 막걸리 통을 달고 달리던 자전거가 남아 있다.

5
가능성의 문을 열다

1980년 3월, 고향을 떠나 고등학교에 입학했다. 그 시절, 대한민국은 거대한 사회적 혼돈 속에 있었다. 전두환 신군부 정권 아래 고교 평준화, 학력고사제, 졸업정원제, 교복 자율화, 두발 자유화 등 새로운 시도가 학교 현장을 뒤흔들고 있었다. 학교는 매일 실험장이었고, 필자는 그저 그 안에 무방비로 던져진 작은 시골 소년에 불과했다.

중학교 시절 시험 범위에 해당하는 내용만을 외우면 되는 줄 알았다. 황달이 올 만큼 밤을 새워 공부했고 마지막 월례고사에서 최고 성적을 거두며 '하면 된다.'라는 순진한 자신감을 얻었다. 하지만 고등학교는 전혀 다른 세상이었다. 3월 진단고사 성적표를 들고 생애 처음으로 '부족하다.'라는 사실을 받아들여야 했다. 주변 친구들은 이미 기본서를 끝냈고 책 읽는 깊이와 사고력은 비교조차 되지 않았다.

그때부터였다. 기초 개념서를 독파하며 짬짬이 독서로 사고의 폭을 넓히기 시작했다. 앤절라 더크워스의 말처럼 "성공은 재능이 아니라 끈기의 문제"였고, 그 끈기를 맨몸으로 익혀 갔다. 2학기쯤 되자 성적은 올라섰고 쉬는 시간에 친구들이 찾아와 질문하기 시작했다. 그때 비로소 '포기하지 않으면 배움은 반드시 응답한다.'라는 것을 체험했다.

그 시기에 잊을 수 없는 사건이 하나 있다. 1980년 5월 17일 저녁, 친구들과 저녁을 먹던 중 무전여행 이야기가 나왔다. 우리는 충동적으로 대전발 0시 50분 열차를 타고 목포행 여정을 떠났다. 다음 날 아침 유달산을 올랐고, 복귀를 위해 목포역에 도착했을 땐 이미 열차는 끊긴 상태였다. 뒤늦게 알게 되었지만, 그날은 바로 광주민주화운동이 목포에서 이미 시작되고 있었던 날이었다. 목숨이 위태로울 수도 있었던 그 상황은 어린 나이에 받아들이기에 너무나 큰 충격이었다.

2학년 진급을 앞두고 뜻하지 않은 고비가 찾아왔다. 문·이과 분반을 위한 신체검사에서 '색약' 판정을 받은 것이다. 청천 벽력이었다. 지금까지 군인이나 이공계열 직업에 적합하다는 여러 검사 결과를 바탕으로 학교에서도 이과 진학을 염두에 두고 특별반 수업을 받아 왔다. 논리적 사고력, 기계에 대한 관심, 수리 능력 등에서도 강점을 보여 왔기에 진로는 당연히 이

과일 거라 굳게 믿고 있었다.

그런데 그 믿음이 산산이 무너졌다. "이과는 선택할 수 없다."라는 한마디가 마치 인생의 문이 통째로 닫혀 버린 듯한 충격이었다. 특히나 바로 위 형님이 같은 이유로 대기업 입사에서 좌절했던 기억이 생생했기에 그 판정은 날벼락처럼 다가왔다. 말 그대로 세상이 무너지는 느낌이었다. 존재와 가능성 자체가 부정당한 듯했고 그 좌절은 차마 누구에게도 말할 수 없는 내면의 고통으로 남았다.

당시에는 학생상담 시스템조차 없었다. 그 괴로움은 오롯이 자신의 짐이었고, 마주 앉은 책상 앞에서도 집중은커녕 멍하니 창밖을 바라보는 시간이 늘어갔다. 점점 말수가 줄었고 공부는 손에 잡히지 않았다. 미래는 안개 속에 갇힌 듯 막막하기만 했다. 색약이라는 작은 결함이 모든 가능성을 가로막는 거대한 벽처럼 느껴졌다.

게다가 자취하며 학교에 다니고 있었기에 불규칙한 생활과 부실한 식사는 점점 몸을 무너뜨렸다. 부모의 보살핌 속에서 지내는 친구들이 더욱 부러웠고, 혼자 끼니를 해결하며 감정을 삼키는 시간이 많아졌다. 결국 외로움과 절망, 그리고 건강 악화까지 겹치며 고등학교 2학년 내내 깊은 어둠 속을 걸어야 했다.

이렇듯 혼란과 위기 속에서 삶의 방향은 여전히 보이지 않았다. 하지만 세상은 어느새 변화를 맞고 있었다. 고등학교 2학년이 끝날 무렵, 대한민국은 스포츠 열풍에 휩싸이기 시작했다. 프로야구 출범, 86서울아시안게임 유치, 88서울올림픽 개최 지 확정이라는 반가운 소식들이 연달아 터져 나왔고, 정부는 이를 계기로 스포츠를 통한 국민적 통합을 꾀하고자 대대적인 홍보에 나섰다. 언론과 방송은 연일 스포츠의 미래가치와 국가적 비전을 부각하며 새로운 가능성을 퍼뜨렸고, 이는 단순한 경기 이상의 의미를 지닌 사회적 움직임으로 다가왔다. 어쩌면 그때가, 처음으로 '다른 세상'이 존재한다는 걸 알게 된 순간이었다.

그 무렵, 체육 분야는 색약이어도 갈 수 있다는 사실을 알게 되면서 희미한 가능성의 불씨를 되살렸다. 그리고 마침내, 결정적인 인물이 등장했다. 국가대표 선수촌에서 임기를 마치고 우리 학교로 부임한 체육 선생님. 그분은 단지 체육수업만 가르치는 교사가 아니었다. 세상을 바라보는 혜안을 지니셨고, 지식이 깊었으며 지도 방식도 남다르셨다. 학생들을 향한 태도도 신선했고 항상 미래지향적인 사고를 지니셨다.

점점 그 선생님의 수업에 매료되어 갔고, 그분이 추진하는 전국 3·1 역전 마라톤 대회에 학교 대표 선수로 참여하게 되었다. 육상 국가대표 선수와 감독을 지낸 경험이 있는 그 선생님은 골프처럼 낯선 종목까지도 학생들에게 소개하며 시야를 넓혀 주었다. 그 수업을 통해 필자 삶에도 또 다른 '트랙'이 존재한다는 사실을 깨닫게 되었다.

3학년이 되자 체육대회를 계기로 친구들과 끈끈한 관계를 맺었다. 서로의 생일이 봄·여름·가을·겨울에 있어 '사군자'라는 별칭까지 얻으며 함께 공부하고 웃었다. 여름방학엔 자율학습이 끝난 후 하이킹을 계획해 속리산과 대둔산을 다녀왔다. 대부분 비포장도로였지만 우리는 강인한 체력과 정신력으로 완주했고, 그 과정에서 '함께'의 힘과 '스스로 길을 찾는' 기쁨을 배웠다.

자연스럽게 자전거에 관심을 가지게 되었고, 이는 훗날 장학사로서 자전거 관련 정책과 프로그램을 설계하는 중요한 기반이 되었다. 무엇보다도, 체육이라는 분야가 단지 운동이 아니라 사람의 삶을 바꾸는 도구가 될 수 있음을 체험했다. 그래서 체육 교사가 되기로 결심했다.

그것은 단순히 하나의 직업을 택하는 일이 아니었다. 파울로 프레이리의 말처럼 "교육은 한 인간의 가능성을 믿도록 돕는 과정"이라면, 나는 누군가에게 그런 '가능성의 문'을 열어 주는 사람이 되고 싶었다.

6

내가 만든 길

1983년 3월, 국립사범대학교 체육교육과에 입학했다. 지금이야 대학 이름보다는 전공과 개성, 진로가 더 중요해졌지만, 당시만 해도 사범대는 안정된 직업을 보장하는 상징적인 선택지였다. 게다가 국립사범대는 정책적으로 일반 국립대학교 등록금의 50%를 국가에서 지원해 주었고, 임용고사 없이 졸업 성적순으로 발령을 받을 수 있었기에 교사의 길을 꿈꾸는 이들에게 최고의 선택이었다. 자연스럽게 전국 각지의 인재들이 몰려들었다.

체육교육과에는 총 52명의 동기가 있었다. 그중에는 체육 특기자나 체육고등학교 출신처럼 엘리트 선수 경력을 바탕으로 입학한 친구들도 있었고, 필자처럼 운동 경력보다는 교육에 대한 열정, 체육이 가진 본질적인 가치, 그리고 미래에 대한 확신을 품고 이 길을 선택한 사람들도 있었다. 각자의 배경은 달랐지만,

그 다양함 속에서 우리는 서로를 이해하고 배워 가며 함께 성장해 나갔다.

하지만, 현실은 녹록지 않았다. 수업은 기대에 미치지 못했고, 낙후된 시설은 수업을 방해했다. 체육관 바닥은 습기 찬 날이면 미끄러지기 일쑤였고, 수영장이 없어 유도장 매트에서 발차기로 평가받아야 했다. 운동부 중심의 연대 서열 문화와 군대식 조직 체계는 낯설고 불편했다. 진로를 바꿔야 하나, 반수를 해야 하나 수없이 고민했지만, 형편상 그런 선택은 사치에 불과했다. 결국 이곳에서 살아남을 수 있는 생존 방식을 만들어 4년을 이겨 내기로 마음먹었다.

그 해답 중 하나로 그룹사운드를 창단했다. 드럼을 맡았고, 리듬과 울림 속에서 마음을 안정시켰다. 하지만 멤버 중 한 명의 입대로 갑자기 키보드를 맡게 되었다. 악기에 대한 지식은 없었지만, 책임감으로 학원 레슨을 받고 연습에 매달렸다. 집에서 받던 하숙비로 월 회비를 내고 친구 자취방을 전전하며 음악에 몰두했다. 음악은 감정을 해소하는 통로였고 무대는 자존감을 지켜 주는 힘이었다.

잊을 수 없는 또 하나의 추억은 대천해수욕장에서의 해양 훈련이다. 6월 중하순, 해수욕장 개장 전 3박 4일간 진행된 이 훈련은 말 그대로 '현장 중심의 극한 체험'이었다. 차가운 바닷물 속에서 체온을 유지하고, 거센 파도를 뚫고 나아가는 정신력을 기르는 시간이었다. 당시엔 매 순간이 혹독하고 비효율적이라며 투덜거렸지만, 지금 생각해 보면 생존을 위한 실전 수업이었다.

그 훈련이 진정한 의미를 드러낸 건, 졸업을 앞둔 어느 겨울이었다. 집 앞 저수지에서 스케이트를 타다 얼음이 깨지는 바람에 얼음물에 빠졌고, 패닉 상태에서도 여러 차례 시도 끝에 간신히 빠져나올 수 있었다. 그때야 비로소 알았다. 필자가 살아남을 수 있었던 건 그 해양 훈련 덕분이었다는 것을.

이후 세월호 참사를 계기로 생존수영이 전국적으로 시작했을 때, 그 경험은 단순한 추억이 아닌 실천의 동력이 되었다. 도교육청 체육 정책 부서에 몸담게 되면서, 실효성 있는 체험 중심의 교육이 필요하다는 확신으로 업무에 임했다. 그래서 수영장에서 벗어나 바다 수영을 할 수 있도록 관련 기관들과 업무협약을 추진했다.

또 하나의 인상 깊은 에피소드는 무용과 현대무용 수업이었다. 체육 전공과목 수강 신청을 놓치고 결국 무용과 학생들과 함께 현대무용 수업을 듣게 되었다. 도저히 수업을 진행할 수 없겠다고 판단한 교수님은 우리에게 특별 과제를 주었다. 처음엔 어색했지만, 유연한 사고와 열린 교육과정이 무엇인지 체험하는 계기가 되었다. 그 교수님의 관용과 철학은 내게 큰 울림이었고, 이후 교직 생활에서 학생들의 다양한 역량을 존중하고 발굴하는 데 큰 도움이 되었다.

하지만 모든 기억이 아름답기만 했던 건 아니다. 당시엔 교원 임용고시 없이 성적순으로 교사 발령이 이뤄지던 터라, 성적 하나하나가 곧 미래와 직결되던 시기였다. 그만큼 누구보다 치열하게 수업에 임했다. 체육 전공과목은 실기 평가로 진행되다 보니 대체로 자신의 위치를 어느 정도는 예측할 수 있었다. 그런데 졸업을 앞두고 알게 된 최종 성적표는 많은 이들을 놀라게 했다. 예상과 크게 어긋난 결과였고, 정성껏 준비해 온 시간과 과정이 무색해지는 순간이었다. 당혹스러움은 곧 실망으로 번졌고, 오랫동안 자랑스럽게 여겨 왔던 모교에 대한 마음은 그때부터 조금씩 멀어져 갔다.

시간이 지나 교사가 된 후에야 비로소 그 경험이 어떤 교훈을 남겼는지 깨닫게 되었다. 학교의 진정한 주인은 학생이다. 학생이 결과보다 과정을, 경쟁보다 신뢰를 먼저 배우게 하려면, 교사부터 그 가치를 지켜야 한다는 생각. 지금의 교직 철학은 그렇게 자라났다.

개인적인 성장뿐 아니라, 청춘의 사랑도 이 시절 함께 피어났다. 친구의 소개로 시작된 인연은 색약이라는 사실을 이해하고 응원해 주며 점점 깊어졌고, 이후 7년의 열애 끝에 결혼으로 이어졌다. 학생회 활동과 그룹사운드 연습 등 바쁜 학교생활 속에서도 서로를 격려하며 함께 걸었고, 그녀는 언제나 청춘의 중심이자 가장 든든한 지지자였다.

3학년 2학기, 학도호국단 체제에서 학생회 체제로 전환되며 체육교육과 초대 민선 학생회장이 되었다. 이상과 현실 사이의 충돌, 운동부 중심 문화와의 갈등은 필자를 단단하게 만들었다. 그 갈등 속에서 협상과 결단, 포용의 리더십을 배웠고 그것은 곧 교사로서의 준비 과정이 되었다.

그해 제66회 전국체육대회 연식정구 단체전에서 은메달을 목에 걸었고, 팀워크의 소중함과 국가 단위 성취의 기쁨을 처음 경험했다. 졸업식 날, 막걸릿집 사장님의 축하 방문은 인생에서 가장 유쾌한 장면 중 하나로 남았다. 그날의 진심 어린 축배는 단순한 격려가 아니라 '인생은 사람'이라는 메시지였다.

졸업 후 교단에 서게 되면서 교육의 본질을 되새기게 되었다. 아이들은 가르친 지식보다 함께한 순간의 감정을 오래 기억한다. 대학 시절의 수많은 경험과 사람들, 그 속에서 결정한 선택과 도전은 단순한 과정이 아니라 '나'를 만들어 가는 길이었다. 시작은 미미했지만, 스스로 의미 있게 만들 줄 아는 사람으로 성장하고 있었다. 그 길을 피하지 않고 부딪치고 만들어 간 시간이 지금의 필자를 가장 단단하게 만들었다.

7

불공정 속의 성장

1987년 2월, 대학을 졸업했다. 사범대를 마치면 자동으로 교사 임용의 기회가 주어지던 시절이었지만, 군 복무 문제는 여전히 남아 있었다. 일반대 학생들은 대개 1, 2학년 사이에 군대를 다녀오지만, 사범대생들은 교직 발령 후 입대하면 복무 기간을 교원 재직기간으로 인정받는 제도가 있었다. 그래서 대부분 졸업 후 교직 발령을 기다리며 입대를 준비하곤 했다. 필자 역시 그 틀 안에 있었다.

하지만 허리 통증과 함께 졸업을 맞이했다. 대학 시절 기계체조 수업 중 다친 허리는 점점 상태가 나빠졌고, 졸업 무렵엔 일상생활에도 영향을 줄 만큼 통증이 심해졌다. 병원을 다니며 통원 치료를 받았지만 병명은 밝혀지지 않았고, 결국 1987년 5월, 동생과 함께 춘천 102보충대에 입소하게 되었다. 그러나 훈련소 생활 중에도 통증은 가시지 않았고, 반복된 진료 끝에 재검 판정을 받고 집으로 돌아와야 했다.

훗날 필자가 앓고 있던 병의 이름은 '강직성 척추염'이라는 사실을 알았다. 당시엔 진단 장비나 의료 지식 모두 지금처럼 충분하지 않았기에, 대학병원도 군 병원도 명확한 진단을 내리지 못했던 것이다. 그렇게 병역 문제로부터 잠시 멀어졌고 자연스럽게 부모님의 농사를 돕게 되었다.

농사일 없는 날엔 경운기로 방앗감을 실어 나르고 농약을 살포하는 알바를 했다. 수입의 전부를 아버지께 드리면, 그중 일부를 용돈으로 받았다. 그 돈은 적었지만, 땀으로 얻은 정직한 대가였고, 여름과 겨울방학마다 해 왔던 일이어서, 믿고 찾는 단골 중심으로 이루어졌다.

그러나 군대에 가기 전, 시골 청년으로 살아야 했던 시간은 또 다른 무게였다. 주변의 시선과 기대, 겉으로는 당당했지만, 내면엔 깊은 불안과 부담이 있었다. 지금은 그 모든 것이 값진 인생 공부였다고 생각하지만, 지쳐 있었고 무엇보다 외로웠다.

특히 아쉬웠던 건, 부모님의 땅에서 함께 농사지었던 시간이 교직에 입문한 이후 임용 전 경력으로 인정받지 못했다는 점이다. 경력 인정을 받기 위해서는 이장과 농지 위원의 확인서가 필요했고 절차는 지나치게 번거로웠다. 행정의 비합리성과 경직된 구조는 그 시절의 노력을 아무것도 아닌 것으로 만들어 버렸다. 결국 포기할 수밖에 없었지만, 만약 제도가 조금만 더 유연했다면 그 시간도 인정받을 수 있었을 것이다.

그럼에도 그 시간을 결코 헛되다고 생각하지 않는다. 흙을 만지고 마을 사람들과 함께 숨 쉬며, 소외되고 힘겨운 현실을 온몸으로 체험한 시간이었다. 그 속에서 스스로를 믿는 법을 배웠고, 세상을 더욱 객관적으로 바라보는 눈을 뜨게 되었다.

그해 6월, 나라 전체를 뒤흔든 사건이 일어났다. 6 · 29 민주항쟁. 그로 인해 대통령 직선제가 도입되었고, 12월 7일 다시 논산훈련소로 입소 영장을 받았다. 입소한 지 9일째 되는 날, 제13대 대통령 선거가 있었다. 생애 첫 투표였다. 그러나 현실은 기대와 너무나 달랐다. 밀실 같은 장소에서 이뤄졌다. 특정 후보의 이름만 보이게 틈새로 내밀었다. 선택은 없었다. 그 순간, 더 이상 국민이 아니었다. 그저 동원된 존재일 뿐이었다.

훈련을 마친 뒤엔 서울의 충성교육대를 거쳐 수도방위 부대로 배치받았다. 행정병에 발탁되어 부대장의 당번병 역할을 맡았다. 각종 문서 작성과 일정 관리, 심지어 음어 해독까지 필자의 손을 거쳤다. 이 경험은 이후 교직 생활에서 행정력과 조직 관리 능력을 기르는 데 큰 밑거름이 되었다.

군대에서 익힌 행정 실력, 시골에서 체득한 노동의 무게, 그리고 사회 구조 속에서 직면한 불공정의 실체. 그 모든 경험이 단단한 사람으로 성장하게 했다. 그 시절의 기억은 여전히 마음을 흔들지만, 동시에 중심을 지탱하는 깊은 뿌리가 되어 준다.

인생은 단순한 이력서로는 설명되지 않는다. 굳은 손의 감촉, 농촌의 흙먼지, 좌절의 순간을 넘어서게 만든 단호한 결단. 그것들이야말로 오늘의 필자를 만든 진짜 이정표였다. 그 길 위에서 자라났고, 그 안에서 성장했다.

8

완벽이 아니라 진심이다

1990년 3월 1일. 군 제대와 동시에 교사 발령을 받을 수 있다는 말에 설레는 마음으로 준비했다. 실제로 공휴일인 3월 1일 전날, 2월 28일에 전역 신고를 마치고 부대를 나왔다. 그런데도 3월 1일 자 발령 대상에서 제외되고 말았다.

이유는 단 하나. 군 전역일과 교사 발령일이 둘 다 3월 1일로 겹친다는 행정상의 이유 때문이었다. 실제로는 하루 전인 2월 28일에 부대를 나왔고, 3월 1일은 공휴일이라 어차피 근무도 3월 2일부터 시작하지만, 행정상 날짜가 겹친다는 이유로 발령이 나지 않았다. 그때 처음으로 느꼈다. 현장보다 서류가 앞서는 행정, 수요자 중심이 아닌 형식 중심의 결정. 그 벽 앞에 고스란히 부딪혔다.

그 시절은 교원 적체 해소 정책이 한창이던 때였다. 1988년

부터 1991년 사이, 신규 교사들이 대거 학교 현장으로 쏟아졌고, 필자 역시 그 흐름 속에 있었다. 첫 발령지는 1지망도, 2지망도 아닌 낯선 서천. 연고 하나 없던 땅이었지만, 그곳에서 처음으로 '선생님'이 되었다. 부모님은 조부님에 이어서 또 한 명의 '이 선생'이 생겼다며 자랑스러워하셨다.

집을 나서 차를 두 번 바꿔 타고 부임지에 도착한 날. 9년 전 고등학교 시절 체육 선생님이 들려준 인사말이 생각났다. 그래서 전교생 앞에서 이렇게 말했다. "나도 젊고, 여러분도 젊고, 열심히 뜁시다." 짧지만 강한 울림이 있었고, 제자들은 훗날까지도 그 인사말을 기억한다고 했다. 그것은 파울로 프레이리가 강조한 "관계에서 출발하는 교육"의 첫걸음이었다.

고향 선배 교사의 권유로 '준거집단'을 맡게 되었고, 아이들과의 활동은 곧 열정이 되었다. 한산 문헌서원 자전거 하이킹, 무창포 해수욕장 해양 훈련, 독립기념관 야영 활동 등 매월 이어진 행사는 단순한 체험이 아니라 교감의 통로였고, 의미 있는 연결이었다. 그것은 전인교육의 실천 그 자체였다.

또 다른 사명은 태권도부 지도였다. 기술은 부족했지만, 진심을 담아 아이들을 이끌었다. 관내 도장과 협력해 훈련했고, 결국 제자들은 체육특기생으로 상급학교에 진학했다. 그들과의 인연은 지금까지도 이어지고 있다. 그 시절 참 고마운 아이들이다.

학교생활은 매일 출근부에 도장을 찍는 것으로 시작됐다. 숙직과 일직으로 교사들이 번갈아 학교를 지켜야 했고, 복사 한 장을 하더라도 반드시 장부에 기록해야 했다. 시외전화를 하려면 전화 사용 기록부에 내용을 적어야 사용할 수 있었다. 월급은 봉투에 담긴 현금으로 받았다. 액수는 많지 않았지만, 그 작은 봉투 하나에도 가슴이 뛰었다. 하루하루가 생생한 배움의 연속이었다.

등사기에 의존하던 시절, 행정병 출신이었던 필자는 두벌식 타자기 실력을 뽐낼 수 있었다. 한 줄도 삐뚤지 않게 써 내려가던 그 타자기 소리는 사무실에 작은 리듬처럼 퍼졌고 얼마 지나지 않아 도입된 컴퓨터 환경에도 남들보다 빠르게 적응할 수 있었다. 그 덕분에 각종 행정 문서 처리에서 큰 신뢰를 얻었다.

교통법규를 위반하면 면허증 뒤에 오천 원짜리를 접어 내밀던 시절, 가정방문을 가면 술상이 먼저 나왔고, 교무실에서 교사들이 자연스럽게 담배를 피우던 분위기. 지금 생각하면 낯설고 부끄러운 교직의 민낯이지만, 그 시절엔 그저 일상이었고, 어떤 의미에선 사람 냄새 나는 시간이기도 했다.

그렇게 1년간 학습지도, 교육행정, 생활교육, 운동부, 준거집단까지 두루 경험하며 역량을 인정받았고, 선후배 교사들로부터 신망도 두터웠다. 그리고 그해 12월, 7년의 열애 끝에 지금의 아내와 결혼했다. 예식장으로 향하던 새벽, 폭설로 인해 차량이 전복되는 사고를 겪었지만, 다행히 큰 부상 없이 예식장에 도착

할 수 있었다. 많은 이들의 축복 속에 우리는 부부가 되었다.

발령 1년째가 되던 어느 봄날 토요일, 퇴근을 앞두고 두 달 전 구입한 자동차를 닦고 있었다. 그때 호형호제하던 선배 체육 교사에게서 전화가 왔다. 음식점에 급히 현금을 준비해 와달라는 부탁. 아무 생각 없이 다급하게 달려갔다. 합류와 동시에 분위기는 발령 1주기를 축하하는 자리로 변해 있었다. 시간이 훌쩍 흐른 뒤, 오늘은 숙직실에서 쉬고 다음 날 집에 가자며, 그분과 함께 학교로 돌아오던 길, 오토바이와의 갑작스러운 접촉 사고.

그 한순간, 쌓아온 공든 탑이 무너졌다. 죄책감, 상실감, 트라우마. 그 이후 삶도 마음도 다시 세워야 했다. 경제적 어려움은 말할 것도 없고, 자신을 용서하는 데에도 오랜 시간이 걸렸다.

결국 지역을 떠나야겠다고 결심했다. 교육청에 문의했다. 학교가 아니더라도 야영장 파견근무도 가능하다는 말을 들었다. 조건은 단 하나, 레크리에이션 자격증. 그 겨울, 방학을 이용해 2급 자격증을 취득했다. 어린 시절 소풍 날 오락 사회자를 맡는 것이 두려워 수업을 빠졌던 필자가, 자격증을 따기 위해 마이크 앞에 선다는 건 작은 '자기 극복'이었다.

그곳은 상처를 안겨주었지만 동시에 많은 것을 가르쳐 준 곳이었다. 가르침과 배움이 교차하던 시간, 제자들과 깊은 교감을 나눈 나날들. 되돌릴 수 없는 날도 있었지만, 그보다 더 많이 웃고 뛰었던 날들이 있었기에 그 시절은 마음속 깊은 곳에 향수처럼 남아 있다.

많은 것을 배우고, 잃고, 그리고 다시 찾았던 시간. 그리움도 아픔도 모두 가슴 속에 묻혀 있지만, 아이들과 함께했던 그 생생한 순간들만은 시간이 흘러도 단 한 줄 흐려지지 않는다. 그 시절의 풍경, 교정의 소리, 아이들의 웃음… 모든 것이 여전히 살아 숨 쉰다.

9
학교 밖의 학교

1992년 3월, 초임지 학교에서의 2년을 마치고, 정든 교정을 뒤로한 채 도교육청에서 운영하는 학생야영장으로 근무지를 옮겼다. 아내도 초임지에서 보령으로 전보되었고, 우리는 신혼의 첫 보금자리였던 부여를 떠나 광천으로 이사를 하게 되었다.

야영장의 근무 환경은 쉽지 않았다. 일직과 숙직이 반복되었고, 식사는 자급해야 했으며, 학교와는 전혀 다른 세계 속에서 다양한 직종의 동료들과 호흡을 맞춰야 했다. 그러나 이상하게도 그 낯설고 험한 환경이 잘 맞았다. 심신 수련, 공동체 활동, 충남 서부지역 학생들을 대상으로 2박 3일의 프로그램은 매일매일 새로운 도전이었다.

야영장의 하루는 병영과도 같았다. 새벽 6시 기상, 밤 10시 취침. 정해진 시간표 속에서 피로가 쌓였고, 몸도 조금씩 무리를 느꼈다. 당시 야영장 운영은 학도호국단 출신 교관들이 맡고 있었고, 학생과 병사, 교육과 훈련의 경계를 자연스럽게 넘나드는 그들만의 방식이 있었다. 처음엔 낯설고 힘든 순간도 있었지만, 감정적인 대응보다는 상황을 이해하려고 노력했다. 그렇게 조금씩 신뢰가 쌓였고, 그 안에서 관계의 실마리를 찾을 수 있었다.

그곳에서 레크리에이션 자격증을 제대로 써먹었다. 야영장 내에서뿐 아니라 인근 학교, 기관, 단체들로부터 강의 요청이 끊이지 않았고, 여러 기관에서 감사패도 받았다. 마이크를 잡고 아이들과 웃으며 뛰던 그 시간은, 필자에게도 배움의 기회였다.

비고츠키의 '근접발달영역'처럼, 아이들이 혼자서는 할 수 없었던 일도 또래와 교사의 지원 속에서 스스로 해내는 과정을 지켜보는 일은 그 무엇보다 보람 있었다. 그 교육적 효과는 금세 입소문을 타고 현장에 알려졌고, KBS에까지 소개되어 졸지에 방송 출연까지 하게 되었다. 조금은 낯간지러웠지만, 그만큼 보람 있는 일이기도 했다.

야영장에서의 3년 동안 도교육청의 지원을 받아 산속 깊은 곳에 테니스장을 만들고, 극기 훈련장을 확장했으며, 본관 건물을 2층으로 증축하고 샤워장을 현대식으로 바꾸는 등 매일같이 땀 흘리며 환경을 개선했다. 비 오고 눈 오는 날도, 무더운 여름날에도 공사가 멈춘 적은 없었다. 교육의 공간은 곧 아이들의 경험을 담는 그릇이었고, 그 그릇을 더 튼튼하고 넓게 만들고 싶었다.

무엇보다 소중했던 건 직원 중에 현지에 사시는 주무관님들과의 관계였다. 그분들은 교육활동을 든든히 뒷받침해 주셨고, 그분들과 가깝게 지냈다. 농번기에는 기꺼이 가정에 가서 일손을 도왔고, 숙직을 한 다음 날, 가정의 제사나 생일 같이 특별한 날이면 함께 아침상을 나누는 정겨운 풍경. 그렇게 하나의 공동체 속에서 필자는 교사이자 이웃으로 살았다.

이곳은 단지 교육의 현장이 아니라, 가족 모두에게도 특별한 공간이었다. 야영장에 근무하면서 아버지 3형제와 우리 5형제 가족이 한자리에 모여 1박 2일 가족 캠프를 성대하게 열었다. 울창한 숲속에서 울려 퍼지는 웃음소리, 모닥불 앞에서의 고백, 아이들의 재잘거림. 그날의 따스함은 아직도 마음속에 남아 있다. 또 한 번은 처가 식구들까지 모두 초대해 가족 투어를 진행했다. 장인어른과 장모님, 처남 가족들과 함께 충남 서부 일대를 돌아보는 시간도 가졌다.

야영장, 그 이름만으로도 마음 한켠이 따뜻해지는 공간. 수련생들과 나눴던 웃음소리, 밤하늘의 별빛, 이슬 맺힌 아침 공기, 그리고 가족과의 포근한 순간들. 모든 장면이 향기로운 기억으로 남아 있다. 어떤 낭만은 끝이 나도 오래도록 마음속에 머문다. 그곳에서 배우고, 사랑하고, 성장했다. 그래서 그 시절과 그 공간은 지금도 변함없이 소중한 보물처럼 간직되고 있다.

교실이라는 한정된 공간을 넘어서, 자연과 공동체 그리고 가족과 함께 살아가는 교육을 몸소 체험한 시간. 그것은 필자에게 그리고 가족에게도 잊을 수 없는 추억이자 선물이었다.

그 3년의 세월 동안, 첫해에 사랑스러운 딸이 태어났고, 마지막 해에는 아들이 태어났다. 가장의 책임이 무겁게 다가왔다. 아내는 보령에서 홍성으로 전보되었다. 야영장 근무로 인해 일주일 중 수요일과 주말에만 가족과 함께할 수 있었기에, 가사와 육아, 근무까지 1인 3역을 도맡아야 했던 아내의 삶은 그야말로 고단했다. 지금도 미안함이 먼저 앞서고, 그저 고맙다는 말로는 다 전할 수 없는 마음이 남는다.

10
다시 피어나는 교육

1995년 3월, 생활의 무게를 조금이라도 덜어내기 위해 가족과 함께 홍성으로 향했다. 딸과 아들은 홍성에 사는 이모님이 살펴 주셨다. 중학교로 자리를 옮긴 필자는 곧 또 하나의 결심을 했다.

3학년 몇 명만 남아 명맥만 유지하던 육상부를 다시 세워보기로 한 것이다. 건강기록부를 뒤지고, 쉬는 시간마다 운동장을 돌며 체격과 기초체력이 좋은 학생들을 찾아다녔다. 아이들을 하나둘 모아 놓고 훈련을 시작하자, 학교 운동장에 다시 땀방울이 흩날리기 시작했다. 그리고 그 땀방울은 금세 성과로 이어졌다. 충남대회에서 중거리와 장거리 종목을 휩쓸었고, '우수 지도자'로 선정되어 중국 국외연수의 기회까지 얻게 되었다.

육상부 운영은 훈련만이 아니었다. 홍북, 구항 등 면 지역에 거주하는 학생들은 운동이 끝난 뒤 직접 집에 데려다주는 일까지 필자의 몫이었다. 방학이면 초·중학교 합동훈련이 필수였고, 재직 2년 동안 방학을 단 하루도 쉬어본 적이 없었다. 그때는 힘든 줄도 몰랐다. 코치도, 특별한 지원도 없이, 오로지 사명감 하나로 버텼다. 아내 역시 물을 끓이고 사골을 우려내며 아이들 먹거리를 챙기고, 선수들의 체력 관리를 위해 온갖 뒷바라지를 함께 했다. 지금 돌아보면 그 시절은 '함께 버텨 낸' 시간이었기에 더 그립다.

당시 학교에는 육상부뿐 아니라 복싱부, 태권도부가 있었고, 체육 교사 3명이 각각 한 종목씩 맡았다. 2년, 4년 선배인 두 체육 교사와 그야말로 형제처럼 지냈다. 학교급식이 없던 시절이라 점심을 매일 함께 나눴고, 운동부와 학교 일정을 두고 허심탄회하게 의견을 나누었다. 한번은 교육청에서 유럽 연수 대상자로 필자를 추천하겠다고 했지만, 그 기회를 선배에게 양보했고 그 일로 우리 셋의 의리는 더 깊어졌다.

이모님은 학교 바로 옆에 사시면서 우리 아이들을 돌봐 주셨다. 날씨가 좋은 날이면 아이들을 데리고 나와 운동장 주변 그늘 아래 앉아 먼발치에서 필자를 지켜보며 조용히 시간을 보내곤 했다. 아빠가 일하는 모습이 궁금했을까, 보고 싶었던 마음이 컸던 걸까. 체육대회를 앞두고 기마전을 연습하던 어느 날, 딸아이는 그 틈을 타 아빠를 향해 무작정 운동장으로 달려오다가 연습 중인 학생들 사이에 넘어져서 큰 사고로 이어질 뻔했다. 다행히 순식간에 멈춰 서는 바람에 다치지는 않았지만, 가슴이 철렁했던 그 순간은 지금도 생생하다.

이모님이 종교 행사로 자리를 비우시고, 아내마저 야영 활동 인솔 교사로 떠난 날, 딸아이는 하루 종일 교무실을 전전하며 여러 선생님의 보살핌에서 지냈다. 그 시절 교직 사회는 서로의 어려움을 말없이 보듬어 주던 시절이었다. 모두가 한마음으로 아이 하나쯤은 기꺼이 품어 주던, 정 많던 그때 그 시절의 교정은 오늘보다 훨씬 넉넉했다.

그 무렵 학교는 본관 건물 증축 공사로 한창이었다. 1학년은 홍성도서관, 2학년은 전 홍성교육청 건물에서 수업하고, 3학년만이 본관 일부를 사용할 수 있었다. 학년별로 멀리 떨어져 지냈지만, 체육수업만큼은 모두 한 운동장에서 이루어졌다. 학생들은 먼 길을 질서 정연하게 오가며 약속된 시간에 맞춰 체육수업에 참여했고, 1년이 넘는 기간 동안 단 한 번의 안전사고 없이 묵묵히 그 길을 걸어왔다. 그 모습을 볼 때마다 참으로 고맙고, 지금도 그 시절 아이들이 그립다.

이 시기에 학교 축제를 기획하게 되었다. 그 계기는 야영장에서 근무하던 시절로 거슬러 올라간다. 그곳에서 아이들의 넘치는 끼와 재능을 보면서, 언젠가 학교로 돌아가면 이를 공식적으로 펼칠 수 있는 장을 만들어 줘야겠다는 생각을 품고 있었다.

더욱이 본관 공사로 인해 흩어져 지내다 보니, 학년 간 교류가 거의 없었다. 서로의 얼굴을 알아 가고, 함께 웃고 즐길 기회를 마련하고 싶었다.

'모두가 한자리에 모여 어울릴 수 있는 하루를 만들자'라는 마음으로 교장선생님께 제안했고, 뜻을 함께한 몇몇 동료 교사들과 머리를 맞대기 시작했다. 그렇게 해서 이름부터 정했다. '홍중인의 한마당' 그 이름 속에 학생과 교직원이 모두 하나 되는 시간을 담고자 했다. 무대 설치, 행사 동선, 안전 대책, 학년별 역할 분담까지, 하나하나가 손이 가는 일이었지만 준비 과정에서 아이들의 표정이 달라졌다. 발표를 위해 밤늦게까지 연습하는 학생, 사회를 맡아 대본을 읽는 선생님까지, 모두가 같은 목표를 향해 달려갔다. 처음엔 어색했던 웃음이 축제 당일에는 진심이 되어 터져 나왔다. 그 축제는 지금까지도 전통으로 이어지고 있다.

생활은 조금씩 안정되었지만, 운동부 훈련과 학교 행사는 아침, 오후, 주말, 방학을 가리지 않았다. 야영장에서 단련된 근성과 체력이 아니었다면 버티지 못했을 것이다. 심리학자 앤젤라 더크워스의 말처럼, "성공은 재능이 아니라 끈기와 열정"이었다. 아이들이 "선생님 같은 체육 선생님이 되고 싶어요."라고 말할 때마다, 그 끈기와 열정은 더 강해졌다.

전문성 향상도 게을리하지 않았다. 1급 정교사 자격 취득을 위한 연수를 받았다. 현장 경험과 이론이 맞닿는 순간, 교육에 대한 확신이 단단해졌다. 연수생 대표로 뽑혀 교수님과 동료 사이를 잇는 가교 역할을 하며, 리더십이란 직함이 아니라 함께하는 마음이라는 것을 다시 배웠다. 그 무렵 석사과정 계절제 대학원에도 등록해 수업, 과제, 연구, 야간 훈련을 병행했다.

자격 연수를 받는 기간에도 육상부 학생들을 인근에 숙박시키고 방학 중 훈련을 이어 갔다. 연수와 훈련이 동시에 진행되는 빡빡한 일정 속에서도 하루의 틈을 쪼개 아이들과 함께 운동장을 지켰다. 당시에는 필자뿐만 아니라, 운동부를 맡고 있는 선생님들은 그렇게 하는 것이 당연하다고 생각했다. 누구도 '왜 그렇게까지 하느냐'라고 묻지 않았고, 우리 역시 그것이 교사의 책무이자 사명이라고 믿었다.

현장 연구대회에서는 '수련 활동 운영 개선안'을 제출해 시·도 대회에서 1등급을 수상했다. 당시 연구대회는 단순한 학문적 경연이 아니라, 교사들에게 주어진 거의 유일한 승진의 창구였다. 경쟁은 치열했고, 자료를 준비하며 밤늦도록 수정하는 과정은 치밀하고도 혹독했다. 그래서 얻어낸 1등급은 단순한 숫자가 아니었다. '저 선생님이 저런 능력이 있었단 말이야'라는 시선 속에서 느낀 동료들의 인정은 교육자로서의 새로운 가능성을 확인하게 했다. 이 경험은 전국대회 입상으로까지 이어지며 교육 활동을 한층 확장하는 발판이 되었다. "이론 없는 실천은 눈먼 짓이고, 실천 없는 이론은 공허한 것"이라는 칸트의 말을, 필자는 땀과 시간, 그리고 치열한 현장에서 온몸으로 실감하고 있었다.

홍성에 머무는 동안, 서산에 계신 부모님은 참 기뻐하셨다. 여러 자식 중 누군가 가까이에 있다는 사실만으로도 든든했던 모양이다. 소소한 일에도 전화를 주셨고, 작은 심부름이나 도움이 필요할 때는 주저 없이 부르셨다. 가까이에 있으니, 함께 일도 나누고, 마음도 나눌 수 있으리라 기대하셨을 것이다.

그러나 그 마음을 헤아리기보단 일이 많아졌다고 여겼고, 때로는 귀찮다는 말로 푸념을 쏟아내기도 했다. 지금 생각하면, 그 짧은 거리만큼 더 다가가 따뜻한 말 한마디를 건넸다면 좋았을 것을. 그 부름은 절대 길지 않은 시간이었고, 그만큼의 아쉬움은 마음속에 오래도록 남는다.

✦

11
일상에서 피어나는 힘

✦
✦
✦

어느 날, 야영장에서 함께 근무했던 연구사님에게 전화가 왔다. "천안에 올라와서 육상 종목을 활성화해 줘." 그날 밤, 깊이 고민했다. 가족과의 안정된 삶, 아이들과의 성장, 부모님의 웃음. 그러나 가슴 한편에서 거절할 수 없는 사명감이 꿈틀거렸다. 그것은 단순한 제안이 아니라, 걸어온 길을 이어 가라는 또 하나의 부름처럼 느껴졌다.

1997년 3월, 오랜 고민 끝에 천안행을 결심했다. 그런데 발령이 나기도 전에 천안교육청에서 먼저 연락이 왔다. B 중학교 육상부를 맡게 될 예정이니, 2월 중순부터 미리 아이들 동계 훈련을 지도해 달라는 요청이었다. 당연히 발령도 그 학교일 거라 믿고, 여러 날 아이들과 함께했다.

그러나 3월 1일, 정식 발령지를 확인한 순간, 머릿속이 하얘졌다. 발령지는 전혀 예상하지 못했던 C 중학교였기 때문이다. 이유는 간단했다. "C 중학교에는 개성이 강한 체육 교사들이 많아서, 그 사이를 부드럽게 잇는 젊고 활발한 선생님이 필요했다."

그 말을 듣는 순간, "성공은 내가 원하는 곳에 있는 것이 아니라, 내가 필요한 곳에 있을 때 이루어진다."라는 말을 떠올렸다. 주어진 자리에서 다시 뿌리를 내리기로 했다. 육상부를 새롭게 조직해야 했고, 아이들과의 관계, 교사들과의 신뢰 모두 처음부터 쌓아야 했다. 당시 관내 모든 학교가 오룡경기장에서 합동훈련을 하던 시절, '중학교 중장거리 감독' 역할을 맡았다.

하지만 홍성에서 천안까지의 왕복 출퇴근은 체력과 정신을 모두 소모하는 고된 싸움이었다. 결국 아내와 긴 상의 끝에, 천안으로 이사하고 아내가 천안에서 홍성으로 출퇴근하기로 했다. 이사 준비를 하던 중 형님이 제안했다.

"우리 집 맞은편으로 이사 와."

그렇게 우리는 형님 가족과 같은 건물에서, 마주 보이는 201호와 202호에 살게 됐다. 처음에는 단순히 가까이 지내는 정도라 생각했지만, 실제로는 5년 동안 잠만 따로 자고 생활은 거의 함께했다. 이사 오는 날 형수님은 "앞으로 우리 집에서 같이 먹고 살자."며 부엌살림을 묶어 두었고, 실제로 단 한 끼도 우리 집에서 요리한 적이 없을 정도였다. 형수님은 우리 아이 둘을 챙기며 집안일까지 도와주셨고, 형님네 조카들은 반장을 도맡아 할 정도로 리더십이 뛰어난 큰아이와, 장학생으로 이름 있는 대학에 진학한 둘째까지, 모범적인 모습으로 우리 아이들에게 날마다 좋은 영향을 주었다.

그 시절을 떠올리면, 거실 바닥에 신문지를 깔고 온 가족이 함께 구워 먹던 삼겹살의 맛이 지금도 잊히지 않는다. 생애 가장 맛있게 먹은 음식이 무엇이냐 묻는다면, 단연 그때의 삼겹살이라고 말할 것이다.

당시에는 학교 급식이 없어, 학생들은 도시락을 싸 오고 교직원은 각자 알아서 점심을 해결해야 했다. 3학년 담임을 함께 맡았던 계기로, 연배가 비슷한 네 명의 교사와는 유난히 친하게 지냈다. 점심시간이면 함께 모여 식사하며 이야기를 나눴고, 주말에는 가족끼리 여행을 다니거나 해외여행까지 함께하며 서로의 가족까지도 친밀한 관계를 쌓았다. 그 시절의 동료애는 학교생활의 큰 힘이 되었고, 서로에게 든든한 버팀목이 되었다.

이후 여러 학교를 달리하면서도 만남은 오랜 시간 지속되었다. 우리는 전문직 진출이라는 같은 목표도 세웠다. 함께 자료를 공유하고 공부하며 의지를 다졌지만, 결과는 엇갈렸다. 필자가 먼저 2007년도에 입문했고, 나머지 동료들은 계속 공부를 이어가야 했다. 그러던 중 충남 교육계를 뒤흔든 전문직 사건이 터졌고 그들 중 일부는 교육 현장을 지키지 못하는 안타까운 상황에 부닥쳤다. 그 이후로 늘 그들에게 신세를 진 듯한, 무언가

빚지고 있는 듯한 개운치 않은 마음을 안고 살아왔다.

지금은 그것도 운명이라 받아들이고, 만남이 가능한 가족과 더 시간을 함께하며 부족했던 부분을 채우려 노력하고 있다. 큰딸 결혼식 날, 그때의 한 친구가 주례를 서 주었다. "고맙다, 친구야."

학교에서는 동료 체육 교사들의 뒷수습까지 맡으며 늘 시간이 부족했다. 그러던 어느 날, 축구부 학생 한 명이 "선생님, 육상부에 들어가서 운동하고 싶습니다."라며 필자를 찾아왔다. 합숙소를 나와야 했던 그는 결국 우리 집에서 함께 살게 되었고, 17평 남짓한 집에서 가족 네 식구와 그 학생이 함께 생활하는 일이 시작됐다. 형님 가족까지 나서서 그를 챙겨주었고, 그는 육상부의 주축으로 성장해 전국 중장거리 대회에서 이름을 올렸다.

그 시기 교사로서도 한 뼘 더 성장했다. '으뜸 교사' 선발대회에서 1등급 표창을 받았고, 현장 연구대회 전국 2등급, 대학원 석사 졸업까지 이뤄 냈다. 또한 천안 지역 체육 교사들을 모아 '영상 분석을 통한 높이뛰기 기능 지도'라는 공개수업을 진행했는데, 이는 당시로서는 매우 파격적인 시도였다. 비고츠키의 '근접발달영역' 이론을 현실에서 구현한 사례였고, 학생 스스로는 도달할 수 없는 능력도 교사의 정교한 피드백과 지도를 통해 가능하다는 사실을 현장에서 증명했다.

그러던 어느 날, 천안교육청 교육장님이 교장실로 필자를 찾으셨다. 전직 체육 교사이자 도교육청 평생교육체육과장을 지낸 분이셨다. 교육장님은 말없이 호루라기 하나를 건네며 "열심히 하는 선생님께 드리는 작은 선물입니다."라고 하셨다. 체육 교사에게 주어지는 호루라기는 단순한 도구가 아니라 '책임'과 '인정'의 상징이었다. 그 호루라기는 전문직으로 전직하기 전까지 늘 목에 걸려 있었다. 그날 이후, 필자도 누군가에게 에너지를 주는 사람이 되고 싶어졌다. 교사의 성장을 지탱하는 가장 큰 자양분이 '작은 인정'임을 깨달았다.

그 시기, 모교 대학의 국제교육원 추천으로 러시아 헤르젠 국립사범대학교에서 공부할 기회를 얻었고, 서류심사와 면접을 통과해 새로운 배움의 문을 열었다. 기회는 준비된 자에게 주어진다. 그래서 늘 '준비된 교사'로 살기 위해 애썼다.

1999년, 처음 맡은 담임 반은 무결석 학급을 만들겠다는 목표로 시작했다. 당시만 해도 개근상은 단순한 출석의 기록이 아니라 '근면과 성실'을 증명하는 상징이었다. 졸업식 날 교장선생님이 "우등상보다 3년 개근상이 더 값지다."라고 말할 정도로, 그 가치는 높이 평가되었다. 그래서 많은 담임교사들이 학급 운영의 첫 목표로 '무결석 학급'을 내걸었고, 필자 역시 그 도전에 뛰어들었다.

이를 달성하기 위해 온갖 아이디어를 총동원했다. 특히 50일마다 '기념행사'를 열어 아이들에게 성취의 즐거움을 심어 주었다. 50일째 되는 날엔 아이스크림을 나눠 먹고, 100일째에는 자장면 파티, 150일째에는 삼겹살 데이, 그리고 마지막 무결석을 이루는 날에는 바비큐 파티를 열었다. 작은 이벤트였지만 아이들은 그날을 손꼽아 기다렸고, 결석 없이 학교에 오는 동기 부여가 되었다.

그렇게 46명 전원이 단 한 명도 빠지지 않고 1년을 마쳤다. 그 성취는 단순히 출석률 이상의 의미를 가졌다. 아이들과 '함께 해냈다.'라는 자부심을 공유했고, 그것이 더 큰 시너지를 만들었다. 그해의 이야기는 지역 신문에도 실렸고 기사 속에서 아이들의 웃는 얼굴이 소개되자, 아이들은 더 큰 자랑과 신남을 느꼈다. 그 인연은 지금까지 이어져, 그 반 학생들을 시작으로 13명의 주례를 서는 영광을 안았다. 진심으로 함께한 관계는 세월이 흘러도 절대 지워지지 않았고, 그 첫 무결석 학급의 기억은 지금도 교직 생활의 보람으로 남아 있다.

그 진심은 '천웅축제'라는 학교 축제를 탄생시켰다. 아이들이 스스로 기획하고 무대에 서며, 교사와 학생, 지역이 하나가 되는 축제였다. 그 전통은 지금도 이어지고 있다.

아내는 3년 후에 천안으로 올라왔지만, 긴장이 풀린 탓인지 한동안 몸이 좋지 않았다. 그만큼 모든 것이 새롭게 적응해야 하는 상황이었다.

그러던 어느 날, 도교육청 장학관과 장학사가 학교를 찾았다. "대전·충남 분리 이후 2001년 충남에서 전국체전을 처음 개최하는데, 선생님을 파견교사로 모시고 싶습니다." 단 하루의 고민 끝에 마음 깊은 곳에서 다시 솟아오른 '샘물' 같은 결심을 품고 그 길로 나아갔다.

12

교사가 만든 국가 행사

2000년 12월, 전국체육대회 파견근무를 시작했다. 아무것도 갖춰지지 않은 백지상태에서 출발한 일이었다. 사무실도, 시스템도, 함께 일할 사람도 없는 상태. 그야말로 완전한 '처음부터' 였다. 무엇을 준비해야 할지, 누구를 불러야 할지, 어디에 사무실을 둘지조차도 막막한 상황. 타 시도의 사례를 참고하며, 논리를 세우고, 관계 기관을 하나하나 설득해 나가기 시작했다. 머릿속에서는 존 듀이의 말이 계속 맴돌았다. "삶은 문제를 해결하는 과정이다."

업무는 생소했고, 타 기관의 협조를 끌어내는 것도 쉽지 않았다. 하지만 군 생활과 야영장에서 수많은 직종의 사람들과 부대끼며 쌓은 경험이 큰 자산이 되었다. 그 경험 덕분에 낯선 환경에서도 당황하지 않고 버틸 수 있었다. 2001년 3월, 마침내 대형 회의실 한쪽에 가림막을 치고 임시 상황실을 만들었다. 구성원은 교사 4명과 행정직 1명. 필자는 '기획'을 맡았다.

개회식과 폐회식 프로그램의 큰 틀을 짜기 위해 전문가들과 협의하고, 타 시도를 견학하고 밤을 새워 가며 토론을 반복했다. 그해 초여름, 상황실을 천안으로 이전했다. 충남도청, 충남교육청, 천안시청이 하나의 팀이 되어 진짜 협업을 시작한 것이다. 그 시절에는 지금과 같이 연출을 대행하는 이벤트 용역이 흔치 않던 시기였다. 결국 우리가 모든 것을 직접 만들어야 했다. 밤샘 공부로 연출 용어를 익히고, 기획안을 만들고 시나리오와 큐시트를 작성했다.

연수도, 사전 연습도, 출연자 섭외도 모두 발로 뛰며 준비했다. 화려한 연출 대신, 학생이 주인공이 되는 개회식을 만들었다. 아이들은 매일매일 성장해 갔고 그 과정에서 공동체 의식과 이타심을 자연스레 배우게 되었다.

물론 반발도 있었다. 일부 학부모와 교원단체에서는 "왜 학생들이 이런 활동을 해야 하느냐?", "아이들에게 너무 무거운 짐을 지우는 것 아니냐?"라는 우려의 목소리도 나왔다. 그러나 믿었다. 교육활동은 단순한 행사가 아닌 배움의 장이어야 하며, 그 어떤 상황에서도 참여하는 학생들의 존엄성과 권리는 온전히 존중받아야 한다고.

그래서 준비 하나하나에 마음을 담았다. 소품 하나도 아이들의 손에 남을 기념이 되도록 챙겼고, 행사장에는 쉼터와 화장실, 그리고 아이들이 좋아하는 간식까지 빠짐없이 챙겼다. 모두가 편안하게 안전하게 참여할 수 있는 환경을 만드는 데 최선을 다했다. 그 결과, 단 한 건의 안전사고 없이, 불미스러운 일 하나 없이 모든 행사가 마무리되었다. 그 경험은 학생들에게도, 교사들에게도 오래도록 기억에 남는 배움의 시간이 되었다.

그 시절, 곁에는 형님이 함께 있었다. 1만여 명이 출연한 대규모 개회식에서 형님은 경비 책임자, 필자는 기획 책임자였다. 사람들은 우리를 보며 "형제는 용감했다."라며 응원해 줬고, 우리는 함께 그 무게를 견뎌 냈다.

매일 야근하고 다음 날 이른 아침에 다시 출근하는 삶. 게다가 필자는 파견 인력 중 유일한 천안 거주자였다. 그 때문에 주말과 늦은 밤을 가리지 않고 상황실에서 미진한 업무를 챙겨야 했다. 처음에는 그저 즐거운 마음으로 사명감 하나로 견뎠다. 하지만 시간이 흐르면서 몸은 서서히 비명을 지르기 시작했다. 무릎 연골연화증이 찾아왔고 배뇨장애 같은 민망하고 고통스러운 지병도 생겨났다. 열정이라는 이름 아래 참고 또 참았지만, 시간이 흐를수록 그 대가의 무게는 생각보다 무거웠다. 단지 그 시절에 얻은 '훈장'이라 부르기엔 너무나 가혹한 결과였다.

그래서였을까. 이후 행정을 맡으며 야근하는 부하 직원이 있으면 꼭 "건강부터 챙겨라."라는 말을 빼놓지 않았다. 그 말은 단순한 당부가 아니라, 젊은 날의 무모함에 대한, 그리고 몸을 돌보지 못했던 지난날에 대한 진심 어린 회한이었다.

전국체전이 끝나자, 곧바로 전국소년체전을 준비해야 했다. 전문 인력 없이 우리 스스로 기획안을 작성했고, 시사회에서 좋은 평가도 받았다. 하지만 행사 직전인 4월 11일, 아버지가 돌아가셨다. 향년 75세. 아버지의 머리맡에서, "조금만 더 기다리셨으면 더 멋진 모습 보여드릴 수 있었을 텐데…"라는 말을 눈물로 삼켜야 했다.

소년체전이 끝나자마자 2002년 월드컵이 시작되었다. 예산 집행, 입장권 배부 등 각종 행정 지원 업무를 완벽하게 수행했고 그 공로로 국무총리 표창을 받았다. 전국체전, 전국소년체전, 월드컵. 국가 규모의 대형 행사를 교사로서 중심에서 경험했다.

그 당시, 전국 시·도 교육청에는 전국체전 행사를 성공적으로 마치면 파견교사 중 한 명을 장학사로 특별 채용하는 전통이 있었다. 필자 역시 서류 전형과 면접을 치렀지만, 선발되지는 못했다. 조용히 학교로 돌아왔다. 조금은 씁쓸했지만, 후회는 없었다.

13
공감으로 여는 수업

2002년 7월, 파견을 마치고 새로운 학교로 복귀했다. 천안의 C 여자중학교. 한 학년에 18개 학급씩, 특수학급을 포함해 전체 56개 학급, 그 당시 충남에서 가장 큰 규모의 학교였던 것으로 기억된다. 초임지부터 줄곧 남학교에서만 근무했던 필자에게 여학교 발령은 꽤 낯설고도 신기한 변화였다.

남학생들은 체육수업을 손꼽아 기다렸고, 수업 전날부터 어디서 체육을 하느냐며 들뜬 얼굴로 물어보곤 했다. 반면, 여학생들도 같은 질문을 하면서도 어딘가 분위기가 달랐다. 말은 체육 시간을 묻고 있지만, 눈빛과 표정에는 '그냥 교실에서 자습하자'라는 속내가 보였다. 교과목에 대한 정체성 혼란을 처음으로 겪었다. 운동장을 함께 뛰어도 보고, 그늘진 자리를 챙겨주며 다가가 보려 했지만, 여학생들과의 거리감은 좀처럼 좁혀지지 않았다.

  그 무렵, 하워드 가드너의 다중지능이론을 접했다. 그는 "아이들은 다르게 배우고, 교사는 다르게 가르쳐야 한다."라고 했다. 여학생들의 관심사에 다가가야겠다고 결심했다. 그래서 선택한 것이 바로 '음악줄넘기'였다. 음악과 체육을 결합한 이 수업은 여학생들의 흥미를 끌기에 충분했다. 음악줄넘기 지도자 2급 자격증을 취득했고, 수업에서 아이들이 직접 안무를 만들고 조를 꾸려 협력하도록 했다. 이는 자기 주도적 학습의 실천이자, 학생들의 내재적 동기를 자극하는 새로운 시도였다.

  결과는 기대 이상이었다. 이듬해에는 관내 체육교과 연구회 시범수업으로도 선보였고 긍정적인 반응을 얻었다. 이후 음악줄넘기는 교육 현장에서 널리 활용되기 시작했다. 아이들의 환한 웃음을 보며 다시금 깨달았다. '교육은 기술이 아니라 공감이다.'

  C 여중에 부임하면서, 12년 만에 처음으로 후배 체육 교사와 함께 근무하는 기회를 만났다. 그러나 단체 운동부 지도와 잦은 출장으로 얼굴 보기도 어려운 상황이 계속되었고 애국 조회는 여전히 필자 몫이었다. 매주 월요일 아침이면 학생들을 줄 세우고 국기를 게양하며 운동장 질서를 바로잡았다. 단순한 의전이 아니라 학교문화를 세우는 중요한 의식이라는 신념으로 임했다.

학생들은 운동을 꺼렸지만, 교직원들 사이의 방과 후 배구는 뜨거운 열기를 자아냈다. 교사 배구팀은 무려 여섯 개 대회에서 결승에 진출했고, 형님이 근무하시는 경찰서 팀과 교류전을 가지며 '스포츠를 통한 업무 협력'이라는 멋진 성과도 이뤄 냈다. 이는 명백한 '실천공동체'의 살아 있는 사례였다.

담임으로서도 새로운 도전에 나섰다. 2년 연속으로 3학년 담임을 맡았고 학급경영 계획서를 수립해 학급 운영을 체계화했다. 주말이면 광덕산 등반과 같은 이벤트 중심의 활동을 기획해 여학생들과 소통하며 벽을 허물었다.

그러던 어느 날, 교장선생님께서 조심스럽게 말을 건넸다. "생활교육이 조금 더 필요한 학생들이 이번에 그 반에 많이 편성됐어요. 잘 부탁드릴게요." 짧은 말 한마디였지만, 그 안에는 무거운 책임을 함께 나누고자 하는 진심과 깊은 신뢰가 담겨 있었다. 문득 야노 마사토시의 말이 떠올랐다. "가장 힘든 아이들이 가장 많이 사랑받아야 하는 아이들이다." 분명 쉽지 않은 시간이었고, 매일 새로운 도전이었다. 하지만 그 시간은 많은 것을 바꿔놓았다. 학생 한 명 한 명을 있는 그대로 바라보고 진심으로 다가갔을 때, 조금씩 마음이 열리는 순간들이 찾아왔다.

그 과정을 묵묵히 지켜보던 교장선생님은 어느 날 조심스럽게 말을 건넸다. "교육 전문직 쪽으로 한번 생각해 보는 건 어때요?" 그 한마디는 단순한 제안을 넘어, 걸어온 시간에 대한 깊은 신뢰로 다가왔다. 사실 교육 전문직 추천은 여러 차례 있었지만, 이번처럼 구체적이고 따뜻하게 다가온 적은 없었다. 주변 동료들도 진심 어린 응원을 보냈다. "리더십과 행정력을 겸비했잖아요.", "이제는 더 큰 무대에서 뛰어야 할 때죠." 그런 말들이 마음속에 씨앗처럼 자리했다. 문득, 이런 생각이 스쳤다. 운동장에서의 영향력과 행정 현장에서의 영향력, 과연 어느 쪽이 더 클까.

교육 전문직을 준비하기로 결심했다. 그리고 무엇보다 내면의 힘부터 길러야겠다고 다짐했다. 책을 가까이하며 교육학 서적을 하나씩 독파했고, 자투리 시간을 활용해 한자 2급 자격증도 취득했다. 기본이 무너지면 모든 것이 무너진다는 믿음 아래, 자신을 단단히 다져 나갔다.

두 번의 파견 생활을 마칠 때마다 늘 '초심'으로 돌아가려 애썼다. 새로운 마음으로, 선제적으로 그리고 신선한 시각으로 학교를 바라보려 노력했다. 그렇게 C 여중에서의 3년을 포함해, 천안에서의 8년 근무를 마무리하게 되었다.

가정에도 변화가 찾아왔다. 아이들이 모두 초등학생이 되면서, 아내는 좀 더 나은 교육 환경과 생활 여건을 원했다. 지금도 괜찮다고 말했지만, 아내의 바람은 확고했다. 결국 형님 가족과 정든 삶을 뒤로하고 새로운 삶을 준비하기 시작했다.

우리는 아파트를 분양받았고, 준공을 기다리며 희망에 부풀어 있었다. 그리고 2004년 12월, 마침내 우리 가족은 새로운 보금자리로 이사하게 되었다. 비좁은 집에서 벗어나 처음으로 '집다운 집'을 갖게 된 것이다. 이사는 단순한 공간의 이동이 아니었다. 아내가 혼수로 준비해 온 물건 중, 14년 동안 한 번도 꺼내 보지 못한 것들도 많았다. 형형색색의 포장지와 빛바랜 신문지 속에는 그 오랜 기다림과 사랑이 고스란히 담겨 있었다.

14
동기를 설계하다

2005년 3월, 아산 지역의 중학교로 발령을 받았다. 예상치 못한 일이 벌어졌다. 처음에는 O 중학교로 발령이 났다가, 다음 날 갑자기 Y 중학교로 정정된 것이다. O 중은 남자 체육 교사만, Y 중은 여자 체육 교사만 배치되는 상황. 교육청은 성비 균형을 고려해 급히 조정했다. 필자는 조용히 답했다. "어느 학교든 괜찮습니다. 아이들만 있으면 됩니다."

Y 중학교는 신설 2년 차의 학교였다. 2학년 담임을 맡고, 검도부 지도와 학생부 기획 업무까지 담당하게 되었다. 남녀공학의 현실은 절대 녹록지 않았다. 스포츠에 불타는 남학생들과 운동을 꺼리는 여학생들의 온도 차는 분명했다. 그 사이를 조율하는 일은 여간 어려운 일이 아니었다. 천안의 C 여중에서 성과를 거두었던 '음악줄넘기' 프로그램도 이곳에서는 좀처럼 힘을 쓰

지 못했다.

　깊은 고민 끝에 반두라의 자기효능감 이론에 착안해 '체력왕 선발대회'를 고안했다. 종목별, 남녀별로 나누어 도전의 재미와 기록의 성취감을 맛보게 하는 구조였다. 대회 결과는 해마다 체육관 벽면에 큼지막한 액자 형태로 제작해 걸어 두었다. 처음에는 참여율이 낮았지만, 점차 열기가 붙었다. '성취의 맛'을 본 아이들이 점점 모여들었고, 성공이 동기를 낳고 그 동기가 또 다른 성공을 이끌었다. 3년 차에는 교내 체육대회를 능가하는 대형 행사로 자리매김했다. 그 안에서 아이들이 경험을 통해 스스로 성장해 가는 모습을 지켜보는 건 큰 감동이었다.

　당시엔 1교시에 체육수업이 편성되면 학부모 민원이 빗발치던 시절이었다. 체육에 대한 편견을 바꾸는 일도 함께해야 했다. 매주 월요일마다 점심시간을 여유롭게 확보해 체육 교사와 교장, 교감, 행정실장 등과의 협의회를 정례화했다. 그렇게 시작된 소통은 하나의 작은 점심상에서 비롯되었고 그 인연은 20년이 지난 지금까지도 이어지는 평생 동지 모임으로 이어졌다.

　특히, 체육 교사 중 한 분은 홍성중학교에서 인연을 맺은 제자였다. 2년 선배 2명, 1년 선배, 그리고 제자 선생님과 함께 총 5명이 한 학교에서 근무하게 된 것이다. 수업이면 수업, 학교 행사면 행사, 이 다섯 명은 똘똘 뭉쳐 언제나 중심이 되었고, 아산 지역 교직원 배구대회에서 이들이 주축이 된 우리 학교팀이 우승을 차지하는 기쁨도 누렸다. 지금도 만나면 언제나 젊은 청춘의 체육 교사로 돌아가 시간 가는 줄 모르고 그때 그 추억을 소환하기에 바쁘다.

그해 봄, 러시아의 헤르젠 국립사범대학에서 연락이 왔다. 논문 심사와 발표가 진행된다는 소식이었다. 문을 두드린 지 6년 만에 들려온 기쁜 소식이었다. 그 나라는 발표할 논문을 사전에 전국 도서관에 공개해 전국적인 피드백을 받고 질의응답 과정을 거친 뒤에 최종 판정을 내리는, 이른바 '공개─검증' 방식을 택하고 있었다. 평가의 진정성과 깊이를 확실히 보장하는 제도였다.

발표 당일, 가장 많이 받은 질문은 '국가 주도의 교육과정'에 대한 것이었다. 획일적 시스템의 한계를 지적받았고 문화적 차이와 교육의 다양성에 대한 인식을 새삼 실감했다. 교육이란 결국 사람을 향한 것이고 문화 속에서 다양하게 꽃피워야 한다는 믿음이 더 깊어졌다.

Y 중학교에서의 근무는 또 다른 문을 열어 주었다. 교장선생님의 전폭적인 격려 그리고 스터디그룹을 함께한 동료의 도움은 큰 자양분이 되었다. 주중에는 늦은 밤까지 학교에 남아 자료를 정리하고, 주말에는 도서관과 평생교육원에서 도시락으로 끼니를 때우는 생활이 이어졌다. 교육 전문직 시험을 준비하면서도 수업과 업무에 영향을 주지 않기 위해 최선을 다했던 시

기였다. 매일 늦게까지 정리하고 배고픔을 참으며 밤늦게 퇴근했던 기억. 당시 함께 근무했던 교장선생님은 지금도 그 시절을 떠올리며 "정말 대단한 집념이었다."라며 극찬하신다.

그렇게 맞이한 2007년 겨울. 마침내 교육 전문직 최종 합격 통보를 받았다. 그리고 퇴근길, 오랜만에 마주한 석양. 아, 원래 해가 있었구나. 감개무량했다. 해가 뜨고 지는 것을 잊고 보낸 2년이었다. 학교에서도 '전문직 준비 중'이라는 소문보다는 '최선을 다하는 선생님'으로 기억되고 싶었다.

Y 중학교는 교사 생활의 마지막 학교였다. 2년 차의 신설 학교였지만, 여학생 유도부를 창단해 운영하고, 기존 검도부를 지도하여 전국소년체전에서 입상하는 놀라운 성과를 거두었다. 그 당시 학교에는 수영부와 다이빙부도 함께 있었고, 교장·교감 선생님은 운동부 육성에 큰 관심을 갖고 계셨다. 전국소년체전 기간엔 교장, 교감 선생님과 체육 교사 모두 동행해 열정적으로 응원하며 함께 힘을 모았던 아름다운 추억이 많다.

당시 아산 지역은 한창 도시개발이 진행 중이었다. 학교를 떠나던 날, 여기저기 공사 소음이 끊이지 않던 기억이 새롭다. 지금 다시 그곳을 찾으면 몰라볼 정도로 변해 버린 도시의 풍경에 놀란다. 그래도 그 안에 담긴 추억은 여전히 생생하고 따뜻하다.

15
실천하는 리더십

2008년 3월, 교육 전문직 연수생 동기 중 유일하게 3월 발령을 받았다. 발령지는 충남학생수련원, 직책은 교수부장. 가족과 동기, 교육계 동료들의 축하 인사가 쏟아졌다. 발령 전 형님과 함께 아버님 산소에 갔다. 지금도 선명하게 마음을 울린다.

교사로서 18년을 보내고, 정년까지 19년 6개월을 남긴 시점에서 필자는 마침내 새로운 항로에 닻을 올렸다.

부임 첫날, 말끔히 차려입고 직원 인사말을 준비해 이른 아침 길을 나섰다. 너무 빠르게 목적지를 향해 달리는 것조차 아까워, 차령터널을 지나 잠시 휴게소에 들렀다. 커피 한 잔을 시켜 놓고 떠오르는 햇살을 고요히 마주했다. 그 햇살은 전문직 합격 후 맞이했던 석양과는 또 다른 결이 있었다. '그래, 이제부터야. 차근차근 시작하자. 품에 맞는 행실로 멋지게 해 보자.' 그렇게 조용히 다짐하며, 마음을 다잡는 시간을 가졌다.

그곳은 익숙한 곳이었다. 과거 야영장 근무 당시 경험했던 업무를 하는 곳이기 때문이다. 교수부장이라는 직책은 원래 연구관 직급이 맡는 자리였지만, 교육연구사가 그 자리를 대행했다. 조직 안팎의 기대와 부담을 함께 짊어진 출발이었다.

특히 이곳에는 군 출신 교직원 간의 보이지 않는 갈등이 존재했다. 장교 출신과 부사관 출신의 경계, 오랜 관행에 젖은 조직문화. 하지만 가장 젊은 보직자로서 '조직이 변화할 수 있다는 희망의 증거'가 되기로 결심했다.

파견 근무와 현장에서 다져진 사회성과 갈등 조정 능력을 바탕으로 하나씩 풀어 갔다. 이 과정에서 늘 가슴에 품고 있던 말, 존 맥스웰의 말이 떠올랐다. "진정한 리더는 사람을 이끌기보다 마음을 얻는다."

먼저 수련원 프로그램의 실효성을 높이고자 했다. 단순한 체험이 아닌 실질적이고 시의성 있는 활동으로 프로그램을 구성했다. 지역 자연환경을 활용한 생태체험, 다문화 가족 학생 대상 특화 캠프, 운동부 대상 스포츠아카데미 등은 큰 반향을 일으켰고 교육청 행정감사에서 '모범적 운영 사례'로 극찬을 받았다.

학생들이 입소하여 교육을 받을 때는 단 한 번도 거르지 않고 숙식을 같이하며 일심동체의 모습을 몸으로 보여 줬다. 프로그램의 설계자이자 참여자로서, 아이들과 함께 먹고 자며 현장의 공기를 온전히 나눴다. 그것이 진짜 교육이라는 신념 때문이었다.

그러나 그 항해는 순풍뿐만이 아니었다. 어느 날, 부서 내에서 상급자와 하급자 간의 성추행 사건이 발생했다. 충격과 혼란 속에서 조직의 명예와 신뢰를 지키기 위해 즉시 보고하고 공식 절차에 따라 처리했다. 회피하거나 무마하지 않고 문제를 정면으로 마주했다. 리더십은 결단이다. '문제를 감추는 것이 아니라, 문제와 함께 성장하는 것이 진짜 관리자다.'라는 신념을 되새겼다. 한편으로는 어떻게 고생해서 여기까지 왔는데, 1년도 안 되어 이곳을 떠나야 하는 것 아닌가 하는 불안과 심적 고통은 한 달 이상 지속되었다. 잇몸이 가라앉고 풍치가 생기며 결국 난생처음으로 발치하고 임플란트를 해야 했다. 아, 이런 것이 바로 중간관리자가 겪게 되는 성장통이구나. 그 순간조차도 배움으로 삼고 그 직을 수행하는 데 책임을 다하고자 했다.

이 사건 이후, 교직원 분위기는 침체되었지만 구성원들의 회복탄력성을 믿었다. 선진지 견학, 직원 사기 진작 프로그램, 그리고 개원 이래 처음 시도한 인근 교육기관과의 체육대회는 조직의 활력을 되찾는 데 큰 역할을 했다.

그해 수련원의 인기는 폭발했고 입소 문의가 폭주했다. 수련 프로그램의 혁신적인 변화와 체계적인 교육, 그리고 무엇보다 직원들의 밝고 친절한 태도, 교수진의 탁월한 역량이 점차 입소 학교들 사이에서 입소문을 탔다. '거기 한번 다녀오면 아이들이 바뀐다.'는 말이 회자될 정도였다. 결국 입소를 희망하는 학교가 넘쳐났고, 우리는 추첨을 통해 학교를 선정해야 할 정도였다. 그야말로 '행복한 비명'이었다. 동료들은 힘들어도 즐겁다고 말했고 필자 역시 신명 나는 하루하루를 보냈다. 에너지 넘치는 그 시절, 우리는 함께 웃고 뛰며 교육이 가진 진정한 힘을 실감할 수 있었다.

개인적 삶에서도 변화는 컸다. 아버지를 떠나보낸 후 어머니의 치매 증상이 심화되었고, 결국 요양원에 모시게 되었다. 이후 16년간 이어질 그 삶의 시작이었다. 마음이 복잡했다. '효'라는 이름 앞에서 필자는 늘 부족한 아들이었다.

그리고 아들에게 생긴 그 일은, 필자가 범했던 유년기의 기억을 고스란히 떠올리게 했다. 학교 앞 편의점에서 친구와 함께 학용품에 손댄 것. 급히 가게로 달려가 점주에게 진심으로 사과했고 변상과 함께 부탁을 드렸다. "부디 이 아이가 더 나은 방향으로 성장할 수 있도록 따끔한 훈계를 부탁드립니다."

점주는 편의점으로 찾아간 아이에게 말했다. "누구나 실수는 할 수 있어. 하지만, 앞으로 어떻게 살아가느냐에 따라 네 인생은 완전히 달라질 수 있어. 너는 지금부터 어떻게 변할 건지 그리고 그 변한 모습을 나에게 보여 줄 수 있는지… 그렇다면 내가 큰마음 먹고 용서해 줄게."

그날 이후, 아들은 진심으로 달라졌다. "아빠, 나 전교 1등 한

번 해 볼게요." 말뿐이 아니었다. 그는 스스로 세운 약속을 끝까지 지켰고 3학년 마지막 시험에서 전교 1등을 기록했다. 그리고 필자가 졸업한 고등학교에 3년 장학생으로 당당히 입학했다.

어릴 적, 껌 한 통을 손에 넣고 어머니께 고백했을 때, "내가 네 마음을 헤아리지 못한 게 더 큰 잘못이다."라며 꾸짖는 대신 더 큰 가르침을 주셨던 것처럼, 이번에는 필자가 아들의 실수를 체벌이 아닌 믿음과 가르침으로 이끌었고, 그 선택은 결국 아이에게 성장의 계기가 되었다.

그러던 중, 도교육청 인사 부서에서 전화가 걸려 왔다. "내년 3월에 도교육청 장학사로 들어와야 할 것 같다." 그 전화는 또 하나의 이정표였다. 교육 전문직으로서의 여정은 이제 막 첫 장을 넘겼고 다시 새로운 바람을 향해 돛을 세우고 있었다.

16
교육을 설계하다

2009년 3월, 도교육청으로 발령을 받았다. 대전 문화동에 위치했던 도교육청은 2013년 2월 충남 홍성 내포로 이전하게 되었기에, 대전으로 4년, 홍성으로 1년을 오갔다. 5년간 기획 업무를 보면서 체육 정책의 최전선에서 일하게 되었다.

장거리 출퇴근은 쉽지 않았지만, 그만큼 깊은 책임감과 정책을 설계한다는 자부심으로 마음을 다잡았다. '현장을 이끄는 손'이 아니라 '현장을 설계하는 머리'로서 재정의해야 했던 시간이었다.

전국체전 파견근무 당시 함께 호흡을 맞췄던 장학사님이 승진해 장학관으로 해당 부서를 맡고 계셨다. 그분은 필자의 과거 업무 추진력과 기획력을 높이 평가하며, 선배 장학사들이 포진한 상황에서도 망설임 없이 나를 기획 장학사로 지명했다. 그 결정은 조직 안팎으로 적잖은 파장을 일으켰고, 자연스레 기대 이상의 책임감과 부담이 따라붙었다. 몇 년간은 숨 돌릴 겨를조차 없이 바쁜 시간을 보냈고, 그 자리가 얼마나 무거운 자리였는지를 온몸으로 체감하며 지냈다.

새롭게 떠오르는 사업이나, 보건·예술처럼 정책적으로 중요한 업무는 관련 전공 장학사가 올 때까지 임시로 맡아야 했다. 더구나 당시 부서의 결재라인은 기획 장학사의 협조 결재를 받아야 장학관의 결재로 넘어가는 구조였다. 매일 쫓기는 하루였고, 그 부담을 어떻게 버텨 냈는지 지금도 믿기 어려울 때가 있다.

이 시기는 '저탄소 녹색성장'이라는 시대적 기조 속에 각 부서가 정책 아이디어를 경쟁적으로 제출하던 시기였다. 자전거 타기 활성화 사업을 제안했고, 이는 충남교육청 대표 정책으로 채택되었다. 그 당시만 해도 자전거는 도난과 안전사고 문제로 학교 현장에서 기피 대상이었다. 하지만 수차례 전문가 협의를 통해, 교육과정에 안전교육을 통합하고, 자전거 운전 면허제를 도입하였다. 선도학교를 운영하고 지도교사 연수와 비치바이크 대회, 교육 가족 자전거 전국 일주 등으로 정책을 구체화했다.

이 모든 시도는 반두라의 '자기효능감 이론'을 근거로 하였다. 아이들은 성공 경험을 통해 도전 의식을 키웠고, 교사들은 교실 밖에서 교육의 확장을 경험했다. '경험은 학습의 어머니'라는 말처럼, 정책이 현장과 접목되며 새로운 교육 문화가 탄생

한 것이다.

이외에도 현안은 쉴 틈 없이 이어졌다. 감람석 운동장 석면 검출 사안이 발생했을 때, 1급 발암물질로 지정된 석면을 완벽히 제거하기 위해 철저한 조사와 기준 설계를 주도했다. 건강과 안전이 교육의 전제임을 믿었기 때문이다.

특히, 학교폭력 예방과 인성교육 활성화를 위하여 스포츠 활동을 교육과정에 적용하기 위한 고민이 증대하던 시점에, 학생들이 희망하는 스포츠 종목 중심의 분반 활동을 제안했다. 이 기획안은 교육부의 관심을 받았고, 교육부 장관이 직접 충남교육청을 방문하여 제안을 청취한 후 전국적인 정책 방향으로 채택되었다. 이는 현재 중학교의 SC 시간으로 자리 잡았고, 매우 흐뭇한 성과로 기억된다.

이후 교사스포츠클럽, 교사 배구대회, '올해의 체육대상', 숙박형 직무연수 등은 모두 체육 교사의 위상을 높이기 위한 조치였다. 단순한 '체육'이 아닌 '전인교육'의 관점에서 접근한 것이다.

이 시기에 우리 팀은 운동부 선진화 방안을 추진하면서, 운동부 청렴도 전국 1위, 전국소년체전 종합 3위, 전국체전 고등부 4위 등 역대 최고의 성적을 달성하는 기록을 세웠다.

보건 담당 장학사의 갑작스러운 전보로 보건 업무까지 맡아야 했다. 때마침 간호사 면허 갱신 관련 법령이 발효되며 보건교사들이 겪는 현실적 어려움이 대두되었다. 보건교사들의 부담을 덜어 주기 위해 관련 단체를 방문해 무리한 조건의 불합리성을 제기하고, 충남교육연수원 주관의 재교육 프로그램을 대안으로 제시했다. 결국 우리 교육청의 요구안을 관철하며 전국적인 해결책을 제시할 수 있었다. 이후 현장 보건교사들로부터 감사의 인사를 받을 때마다 행정의 진정한 힘을 실감할 수 있었다.

체육문화건강과로 조직이 개편되면서 예술 업무가 새롭게 신설되었지만, 별도의 전담 인력은 배정되지 않았다. 예술교육 분야의 경험이 많지 않았던 필자는 부담과 막막함 속에서도 주변 인맥과 정보망을 총동원해 연간 계획을 수립하고, 사업 추진을 위한 예산을 확보하는 데 온 힘을 쏟았다. 그렇게 조심스럽게 시작한 것이 바로 '음악이 흐르는 학교', '학교 갤러리 사업' 그리고 다양한 학생 경연대회였다.

당시엔 낯설고 생소하다는 이유로 회의적인 시선도 있었지만, 현장의 교사들과 꾸준히 소통하며 아이들이 예술을 통해 감성을 키우고, 학교가 조금 더 따뜻하고 아름다운 공간이 될 수 있도록 노력했다. 그렇게 시작된 사업들은 차츰 학교 현장에서 의미 있는 성과를 내기 시작했고, 무엇보다 학생들과 교사들의 자발적인 참여가 이어지며 그 뿌리를 내릴 수 있었다.

지금 돌이켜 보면, 그때의 그 조용한 시작이 지금까지도 일선 학교에서 지속적인 사업으로 자리 잡고 있다는 사실이 참으로

감개무량하다. 예술 교육이 단순한 행사나 보여 주기식 활동이
아닌, 학교문화의 일상에 녹아들게 된 데에는 그 시절의 작은 용
기와 뚝심이 밑바탕이 되지 않았나 싶다. 지금도 여전히 '음악이
흐르는 학교'와 '학교 갤러리', 다양한 예술 경연대회들이 곳곳
에서 이어지고 있다는 사실은 내게 큰 보람과 기쁨으로 남는다.

체육, 예술, 보건 이 세 영역은 '교육의 주변'으로 취급받기 쉬
웠지만, 이를 '학교문화의 중심'으로 전환하는 데 집중했다. 이
는 단순한 행정 실무가 아니라 교육의 본질을 다시 질문하고 학
교를 더 나은 공동체로 재구성해 나간 실천이었다.

그 시기엔 잦은 출장과 야근이 일상이었다. 대전에서 4년을
근무하는 동안, 처가가 대전임에도 불구하고 단 한 번도 찾아뵙
고 인사드리지 못한 것이 지금 생각해 보면 너무나 안타깝다.
약주를 좋아하셨던 장인어른과, 장학사 합격을 무척 기뻐하셨
던 장모님. 그때 퇴근길에 살갑게 인사드리고 함께 식사라도 했
더라면, 지금 이렇게 후회하진 않았을 텐데. 두 분 모두 돌아가
시고 나니 대전에 적도 사라졌고 마음 한켠이 허전하다. 아, 되
돌릴 수 없는 세월이여.

개인적으로 어두운 그림자도 있었다. 2010년, 딸아이가 수
능을 앞두고 황달 증세로 대학병원에 달포 이상 입원한 일이 있
었다. 필자가 고입을 앞두고 황달로 고생했던 기억이 떠올랐고
'부전여전'이라는 생각에 딸에게 더욱 미안했다.

교직에선 늘 강인했지만, 병실 앞에서는 무력했고 그 시간은 오히려 교육철학을 더 섬세하게 다듬는 계기가 되었다. 교실도 병실도 사무실도 결국 배움터였다.

17
낙오 없는 학교

2014년 3월, 6년간의 연구사와 장학사 생활을 마치고, 천안 지역에 있는 고등학교로 교감 발령을 받았다. 당시 천안 지역은 비평준화 상태였고, 아산 지역의 고교입시 정책 문제로 68명의 학생이 이 학교로 몰려드는 상황이 발생했다. 학부모들의 반발은 거셌고, 이를 수습하기 위해 도교육청은 교장과 교감을 전문직 출신으로 배치하고, 통학 차량 지원 및 환경 개선 등을 약속했다.

그런데 새로 함께 부임하는 교장선생님은 포부와 열정으로 가득했고, 부임하기 전에 수시로 대책 회의가 열렸다. 그러던 중, 갑작스럽게 1학년 입학식을 수련원에서 진행하라는 지시가 내려졌다. 절차적인 문제가 없는 범위에서 최대한 서둘러, 결국 3월 중순 충북 음성의 한 유명 수련장에서 수련 활동을 진행하였다. 필자는 인솔 대표로 함께 참여했다.

수련 활동 도중, 한 학생이 심야에 무단이탈하는 사건이 벌어지며 한바탕 소동이 일었다. 처음에는 단순한 일탈쯤으로 여겼지만, 곧 상황을 파악해 가면서 이 학교가 안고 있는 깊은 문제와 마주하게 되었다. 현장 체험학습 중 휴게소를 벗어나거나, 단체활동 도중 아무런 예고 없이 자리를 이탈하는 일이 반복적으로 이어져 왔던 것이다. 언제부턴가 무단이탈이 당연한 듯 받아들여지는, 기이한 문화가 자리 잡고 있었다.

결국 이러한 문화는 학교 전체의 신뢰 기반을 약화시켰고, 외부 단체활동은 추진할 엄두조차 내지 못하는 지경에 이르렀다. "수학여행은 그냥 포기하는 게 낫다."라는 말이 당연하게 오갈 정도로, 현장학습에 대한 교사들의 두려움과 피로감은 이미 깊게 배어 있었다. 학생보다 먼저 지쳐버린 교실. 그 안에서 다시 신뢰를 쌓는 일은 단순한 규칙과 통제만으로는 불가능했다.

어느 날 메인 방송을 통해 수업이 제대로 이루어지지 않는 교실 풍경과 하루 종일 등하교가 반복되는 학교의 모습이 여과 없이 전파되었다. 방송은 학교가 겪는 현실적인 어려움을 조명하는 듯했지만, 그 여파는 생각보다 컸다. 학부모와 지역사회, 특히 졸업생들로부터 거센 비판이 쏟아졌고, 재학생들조차 위축되어 고개를 들기 어려운 분위기가 조성되었다. 방송 이후 교육공동체를 다시 추스르는 데는 상당한 시간이 필요했다.

학교 모집 인원은 학급당 32명씩 6학급이었지만 지나치게 낙

관적인 숫자였다. 다음 해 3월까지 전국 단위로 모집해도 정원을 채우기 어려웠고, 해마다 중도 탈락 학생 수가 60~80명이 반복되는 구조였다. 이러한 상황에 아산 지역 학생들이 대거 유입되면서 학부모의 요구와 사회적 관심이 집중되었고, 마치 두 개의 학교가 공존하는 듯한 운영 구조가 되었다.

많은 학생들이 자의라기보다는 여러 사정 속에서 이 학교에 오게 되었다. 시내권 학교 진학이 어려운 여건 속에서 진로에 대한 뚜렷한 목표나 동기 없이 학교생활을 시작한 경우가 대부분이었다. 자연히 책임감이나 소속감이 약했고, 성취에 대한 열망도 쉽게 자리 잡기 어려운 상황이었다. 생활 속의 긴장과 갈등은 다양한 형태로 표출되었고, 학교 곳곳은 그 흔적을 안고 있었다. 익숙함 속에 반복되던 행동과 문화들은 점차 학교 분위기 전체를 잠식해 갔다. 이때 '악화가 양화를 구축한다.'라는 말을 실감할 수밖에 없었다. 그러나 우리는 그 악순환의 고리를 끊어야 했다. 환경이 문화를 만들고, 문화가 다시 사람을 바꾸는 흐름 속에서, 그 흐름을 반대로 되돌리기 위해 교직원 모두가 온 힘을 다해 마주 서야 했다.

체육중점학급 운영도 큰 변화를 이끌었다. 스포츠에 관심 있는 학생들을 대상으로 학년마다 별도 학급을 편성하여 진로와 연계될 수 있도록 했다. 학교가 역동적으로 바뀌었고 목표 의식이 생겼다. 결론은 대성공이었고 지금도 그 학교 대표 브랜드로 자리 잡고 있다.

이태석 신부의 이야기에 감명받아 오케스트라 창단을 제안했다. 열정적인 음악 교사와 함께 44인조 오케스트라를 구성하고, 교육청의 지원을 받아 그해 12월 첫 공연을 올렸다. 이 공연은 학생들의 자존감을 키우고 학교에 생동감을 불어넣는 계기가 되었다.

흡연 문제 해결을 위해 3단계 금연 전략을 기획했다. 1단계에서는 실내 흡연을 막기 위해 비공식 흡연 구역을 설정했고, 2단계에서는 흡연 구역에 금연 보조 물품과 교육자료를 비치해 핀셋 처치를 했다. 3단계에서는 전면 금연을 시행하고 금연 성공 학생들에게 인센티브를 제공했다.

학생부장 맡을 교사를 찾는 일은 하늘의 별 따기였다. 책임이 막중하고 체력적, 심리적 소진이 심한 만큼 아무도 맡고 싶어 하지 않았다. 이럴 때 용기 있게 나선 체육교과 선생님들께 지금도 고마운 마음을 갖고 있다. 그들과 함께했던 시간은 지금도 추억이 되고, 서로를 지지하는 관계로 이어지고 있다.

학생 중 보호관찰 지도를 받는 이들이 많았다. 경찰과 검사는 학교에 일상처럼 드나들었다. 이처럼 어려운 교육환경 속에서도, 경찰서에서 여성·청소년 업무를 맡고 있는 형님과의 협력을 통해 맞춤형 생활교육이 실현될 수 있었다. 또 한 번 형제는 용감했음을 보여 줬다.

변화를 위해선 시스템이 필요했다. 모집 정원을 32명씩 6학급에서 25명씩 4학급으로 줄일 것을, 본교 3년 이상 근무 시 천안 지역 8년 근무 예외 혜택을 받아 총 10년까지 근무할 수 있는 제도와 농어촌 전형의 강점을 살리기 위해 기숙사 설치 등 중장기 계획을 여러 채널을 통해 건의했다. 우리들이 노력한 성과가 일부는 재직 중에, 일부는 학교를 떠난 뒤 실현되었다.

재직 중 교직원 모두의 헌신으로 중도 탈락 없는 학교를 달성하였고, 이는 언론과 방송을 통해 알려지면서 학교에 긍정적 시너지를 가져왔다. 이후 오랜 시간이 지나 서울대 합격생까지 배출되며 '오고 싶은 학교'로 변모해 갔다. 우리가 바꾼 것은 시스템과 학생들의 '자존감' 그리고 '의지'였다.

교육심리학자 벤저민 블룸은 이렇게 말했다. "모든 아이는 배울 수 있다. 다만 배움의 시간과 방식이 다를 뿐이다." 우리의 여정은 이 진리를 현실에서 실현하기 위한 끊임없는 시도였다.

아쉬움도 있었다. 미용, 조리, 제과제빵 등 다양한 직업 체험 과정의 예산을 확보했지만, 교장·교감의 인사이동 후 추진이 미진하여 종합감사에서 지적을 받게 되었고, 필자와 교장, 행정실장이 행정 처분을 받는 일이 있었다. 열심히 일한 것밖에 죄가 없는 우리는 행정의 경직성과 적극 행정 사이의 간극을 뼈저리게 느꼈다.

학교생활 중 생사를 넘나드는 아찔한 순간이 참 많았다. 우리

학생들 한 명 한 명의 생명이 얼마나 소중한지 실감했다. 방향은 좀 어긋나도 무탈하게 어른으로 성장해 준 그들이 고마웠다. 그 모든 시간을 돌이켜 보면, 힘들었던 시기였지만 아이 한 명이라도 변화시키기 위해 노력한 의미 있는 시간들이었다.

교장 연수를 마치고 얼마 되지 않아 교육청에서 연락이 왔다. "그 경험을 더 큰 곳에서 살려 달라." 아이들의 환송 속에 교문을 나서며 눈물이 왈칵 쏟아졌다. 그 순간, 교육이란 무엇인지, 교직이란 얼마나 숭고한 사명인지 되새기게 되었다.

그 시기, 집에서는 12년 넘게 함께했던 반려견과의 이별도 큰 아픔이었다. 아이들과 친구처럼 지내던 장군이(말티즈)는 가족 같은 존재였다. 그 이별 이후, 우리는 감정적으로 너무 힘들어 다시는 반려동물을 기르지 못하게 되었다. 반려견을 잃은 슬픔을 이겨 내는 데에도 긴 시간이 필요했다.

18
사람을 지키는 교육

2015년 9월, 천안교육지원청 인성체육건강과장(이후, 체육인성건강과장으로 변경)으로 부임했다. 천안은 충남 최대 도시이자 교육 수요가 가장 많은 지역이다. 인성교육, 생활교육, 체육, 보건, 학교급식, 학부모 교육, 교육복지까지 사람을 사람답게 만드는 교육의 모든 요소를 관장하는 곳이었다. 이전까지는 일반행정직 사무관 직급이 맡아왔던 자리를 장학관이 맡는 첫 사례였다. 기대와 부담은 모두 필자에게 있었다. 기획 장학사로서 정책 수립을 총괄했던 경험은 있었지만, 현장에서 직접 부딪히는 일은 또 달랐다.

인성체육건강과장 자리는 일이 복잡하고 사건·사고가 많아 선호하지 않는 자리였다. 하지만 체육을 전공했고, 아이들 생활지도에도 자신이 있다고 생각했기에 즐겁고 책임감 있는 자세로 임해야겠다고 다짐했다.

그 해는 메르스가 전국을 덮쳤던 해였다. 모든 학교 행사가 2학기로 밀렸다. 운동회며 체육대회, 현장체험학습까지 줄줄이 연기되었다. 설상가상으로 부서장 자리가 일반행정직에서 전문직으로 바뀌는 과정에서 두 달간 공석이었다. 그런 와중에 부임했다. 밀려 있던 일정과 쌓인 현안을 온몸으로 감당해야 했다. 숨 쉴 틈 없이 하루하루를 버텼고 가족과 마주 앉아 저녁을 먹은 날을 손에 꼽아 보니 겨우 서너 날뿐이었다. 하지만 바쁜 것보다 더 힘들었던 건, 반복되는 비보였다.

그해 관내에서 9명의 학생이 스스로 생을 마감했다. 장례식장, 화장장, 다시 장례식장. 매번 마음을 추스르는 데는 오랜 시간이 걸렸다. 그러나 교감 시절 깨달았던 신념이 있었다. "학생은 늦게 철들수록 더 깊어진다. 단, 그 시간이 오기 전까진 살아 있어야 한다." 그래서 결심했다. 한 명도 더는 보내지 않겠다고.

우리는 시스템을 만들었다. 모든 회의 전 생명 존중 영상을 시청하게 하고, 전 직원과 학교 관리자 및 직책별 자살 예방 연수를 실시했다. Wee클래스와 Wee센터 기능을 정비했고, 자살 예방센터, 청소년쉼터와 협약을 체결했다. 가족 상담 프로그램에 예산을 지원했고 대형 백화점 전광판을 활용한 생명 존중 캠페인을 전개했다. 생명 존중 자전거 퍼레이드, 학부모 대상 생명 존중 교육…. 모든 교육의 핵심을 '생명 존중'에 맞췄다.

문제는 주말이었다. 자살이 주로 주말 저녁과 월요일 새벽에 발생하는데도 자살예방센터는 주말 근무를 하지 않았다. 그래서 우리는 자발적으로 주말 비상근무 체계를 세웠다. 그리하여 직무를 마치는 날을 기준으로 472일간 단 한 명도 생명을 잃는 일이 없었다. 숫자 그 이상의 시간. 누군가의 삶을 붙잡은 날들이었다.

그러던 중, 일보다 사람이 먼저라는 사실을 다시금 깨닫는 일이 있었다. Wee센터의 책임자가 쓰러진 것이다. 모의훈련, 연휴 비상근무, 밤샘 대기…. 우리는 너무 무리했고, 결국 사람이 쓰러졌다. 교육은 시스템이 아니다. 교육은 사람이다. 그 진실 앞에, 우리는 깊이 부끄러웠다.

급식 시스템 개편 또한 큰 도전이었다. 천안시는 현금 지원에서 벗어나, 지역 급식 지원센터를 통한 현물 공급 체계를 구축하고자 했다. 그러나 학교는 환영보다 우려가 컸다. 신선도, 운송 중 오염, 책임소재, 클레임 대응 방안 등 문제는 수두룩했다. 수십 차례 영양교사들과 간담회를 가졌고, 시청과 함께 6개월간 시범으로 운영하며 문제를 사전 점검했다. 마침내 충남 최초로 전 품목 급식센터 납품 체계를 구축했고, 전국에서 벤치마킹이 이어졌다.

하지만 그 과정은 순탄치 않았다. 특히 천안시와의 협력 관계는 기대와 다르게 흘러갔다. 천안시는 빠른 성과를 위해 속도감 있게 추진하고자 했고, 우리 교육청은 아이들의 건강과 급식의 안정성을 우선시하며 꼼꼼히 검토하려 했다. 이 과정에서 어느 날 천안시장이 교육감에게 인성체육건강과장이 협조하지 않아 사업이 지연되고 있다는 식으로 왜곡된 보고를 하게 되었고, 졸지에 교육청 내에서 곤란한 처지에 놓이었다. 신뢰가 흔들리는 그 순간 다시 기본으로 돌아갔다. 아이들을 위한 일이라는 초심으로, 다시 한번 설명하고 설득하며 문제를 풀어나갔다.

설상가상 그 와중에 일이 또 터졌다. 깻잎 반찬에서 발견된 나방, 돼지고기 수육 속의 주삿바늘. 언론은 대서특필했고 학부모는 분노했다. 하지만 우리는 흔들리지 않았다. 즉각 진상 조사, 재발 방지 대책 발표, 클레임 처리 매뉴얼 개선으로 교육 가족의 신뢰를 되찾았다. 위기는 곧 기회였다.

체육 업무에서도 빛은 있었다. 체육업무지원단을 조직해 '뉴스포츠'를 보급했다. 킨볼, 플라잉디스크, 플로어볼 같은 활동은 학생들의 흥미를 끌었고, 전국대회에서 좋은 성적을 거두었다. 학교폭력 예방은 물론 생명 존중 사업과 연동하여 스포츠 활동을 추진했다. 체육은 단순한 수업이 아니라 인성 회복의 강력한 수단이었다. 운동이 곧 사회성이라는 사실을 실감했다.

교육 현장에서 가장 고통스러운 순간 중 하나는, 아이들 생활 교육을 하다가 억울한 상황을 감수해야만 하는 순간들이었다. 고질적이고 악의적인 민원을 반복적으로 제기하는 학부모. 한 교감 선생님이 갈등 조정을 시도하다가 되려 성추행 혐의로 뒤바뀌어 다른 시군으로 인사 발령을 받는 일도 있었다. 어떤 경우에는 학부모의 일방적인 주장만을 듣고, 지역의원이 학교와 교육청에 무리한 행정조치를 요구하면서 행정력이 낭비되는 일도 종종 발생했다.

이에 문제의 본질에 다가가기 위해 여러 방식의 소통 창구를 열었다. 운영위원장 협의회, 녹색어머니회, 학부모회장 협의회 등과 함께 학부모 민원의 본질과 개선 방향에 대해 의견을 나누고 협조 체제를 마련했다. 관내 학교 학생회장단과의 원탁 토론회를 통하여 다양한 의견을 수렴했다. 학부모 교육 프로그램 역시 단순한 정보 전달이 아닌, '학부모 이해 교육'을 주제로 기획하여 변화의 동력을 만들고자 했다.

평생교육원 졸업식에 참석한 어느 날, 어르신들이 한글을 깨치고 자신의 한을 글로 표현하는 것을 보았다. 지은 시를 낭송하는 장면에서 가슴이 뭉클했다. 그 감동이 직원들에게까지 미쳤다. 우리도 시를 써 보자. 처음엔 7행시였고 점차 자작시로 넓어졌다. 연말 송년회에서 시집 『행복동행』을 펴냈고 모두가 눈물을 흘렸다. 그것은 상처를 나누는 방식이자 서로를 지탱하는 언어였다.

그 모든 시간을 뒤로하고 도교육청 장학관으로 발령을 받았다. 이임식 날, 교육청 앞에서 매일 1인 시위를 하던 학부모가

접견을 요구하며 무단 침입했고, 저지하던 우리 직원과의 신체 접촉이 결국 성추행 고소로 이어졌다. 오랜 시간이 지난 후 혐의없음으로 종결됐지만, 떠나면서도 마음은 복잡했다.

돌아보면 조용한 날은 없었다. 위기와 선택의 연속 속에서, 아이들을 지키고자 했고, 그들에게서 다시 배웠다. 상처도 있었고, 벼랑 끝에서 버틴 날도 있었다. 완벽하진 않았지만, 사람을 믿고자 했고, 사람 때문에 버텼다. 교육은 결국 사람이 하는 일이고, 사람을 살리는 일이라고 믿었으니까.

19

삶을 가르치는 교육

2017년 9월, 충남교육청 체육인성건강과(이후, 체육건강과로 변경)로 자리를 옮겼다. 체육교육, 생활교육, 인성교육, 보건교육 등 '삶의 질'과 밀접하게 연결된 영역을 총괄하는 부서였다. 그중에 체육 업무를 관장하는 체육 담당 장학관으로 부임한 것이다. 체육은 단순한 과목이 아니라, 생애 건강과 인성 형성의 기초라는 인식 아래 새로운 출발을 다짐했다.

도교육청 전체는 예전과는 확연히 다른 운영 체계를 갖추고 있었다. 특히 부속실 인원이 보강되고 기능이 강화되면서, 주요 정책 결정과 사안들이 하나의 채널로 집중되는 구조로 재편되었다. 이러한 변화는 신속한 결정과 명확한 방향 설정에는 분명 효과적이었지만, 한편으로는 각 부서의 역할과 자율성이 위축되는 건 아닌지 우려하는 목소리도 있었다. 체감할 수 있는 긍정적인 변화도 있었다. 각종 회의와 협의회를 근무 시간 내에 운영하고, 원거리 근무자를 위한 출퇴근 버스가 지원되었다. 이러한 제도는 구성원들의 만족도를 높이는 데 큰 역할을 했다.

부임 직후 주어진 첫 업무는 전국적으로 대혼란을 불러온 우레탄 포장재 발암물질 검출 사태를 해결하는 것이었다. 기존의 우레탄 포장재에 강화된 유해 물질 신규 기준을 적용하게 되면서, 거의 모든 운동장 트랙과 농구장 등이 철거 대상이 된 것이다. 일부 학교는 사용자 만족도, 예산 낭비, 행정 피로감 등을 이유로 철거에 난색을 보였고, 필자의 역할은 바로 이 학교들을 설득하는 것이었다.

건강을 지키는 길에는 변명의 여지가 없다는 신념으로 '주장-근거-대안'의 3단계 설득 논리를 구체화했다. 대체제 및 예산 지원방안은 물론, 유해 물질 장기 노출 위험성 등에 대한 구체적인 자료와 함께 방문과 설득으로 계획된 교체 작업을 모두 추진할 수 있었다.

문재인 정부의 공공부문 비정규직 정규직화 정책에 발맞춰, 매년 계약을 갱신하며 불안정하게 고용되던 체육지도자들을 공무직으로 전환하는 프로젝트를 추진하게 되었다. 이는 지도자들의 처우를 개선하고, 운동선수들이 안정적인 환경에서 지도를 받을 수 있도록 한 조치였다. 타 시도에 전례가 없어 백지에서 시작했지만, 법률 자문과 노무 전문가들과의 긴밀한 협업,

수십 차례의 실무협의를 거쳐 마침내 관철시켰고, 전국 시도교육청 중 모범사례로 꼽히며 현재까지도 체육 현장에서 벤치마킹이 이어지고 있다.

어느 날, 운동부 감독의 학생 폭행 영상이 중앙방송을 통해 전국으로 퍼졌다. 언론과 시민단체, 도의회의 질타는 거셌고 체육 업무 전반에 대한 신뢰가 위협받았다. 그러나 우리는 위기를 기회로 바꿨다. 운동부 안전 사각지대 해소를 명분으로 예산을 대폭 증액하고, 학생 인권과 안전 보장을 위한 세부 정책을 신속히 발표했다. 이후 학교 체육의 위상은 회복되었고 현장의 신뢰도 점차 되찾을 수 있었다.

교육학자 존 듀이는 "교육은 삶의 준비가 아니라 삶 그 자체다."라고 했다. 필자는 체육이야말로 그 말에 가장 부합하는 교육영역이라 믿었다. 매년 전국체전, 소년체전, 학교스포츠클럽 대회 성적 관리는 아이들의 진로와 직결되는 민감한 영역이었기에 동료 장학사들과 매일 전투처럼 바빴다. 중장기 로드맵을 기반으로 한 체계적인 운영 덕분에 좋은 성적을 낼 수 있었고 그 결과로 지역사회와 언론의 신뢰도 높아졌다.

충남체육고등학교의 교장직 제안이 들어왔다. 언제부턴가 체육 전공자 중 교장 자격을 갖춘 이들이 드물어졌고, 설령 자격이 있더라도 체육고 교장직은 업무 난이도와 복잡성 때문에 기피하는 분위기가 형성돼 있었다.

하지만, 망설임 없이 대답했다. "아이들이 있는 곳이라면 어디든 가겠습니다." 충남체고 교장직 제안을 받아들였고, 논산으로 향하게 되었다. 교육이라는 이름으로, 또 한 번 새로운 삶으로 들어가는 순간이었다.

20

함께 뛰는 진심

2018년 9월, 충남체육고등학교 교장으로 부임했다. 1990년 부터 전국 단위의 체육 인재를 양성해 온 특수목적고등학교이다. 19개 운동부, 매년 70~80명의 졸업생, 그리고 전국대회 출전이라는 굵직한 목표를 품은 학교였다. '체육은 몸을 단련시키는 것뿐만 아니라 삶을 준비시키는 일'이라는 신념을 안고, 학교 현장으로 들어섰다.

처음 마주한 학교의 현실은 녹록지 않았다. 기숙사는 리모델링 중이었고 학생들은 임시공간에 흩어져 생활하고 있었다. 기숙사 운영을 들여다보았다. 일부 코치와 교사가 학생들과 함께 기숙사에서 생활하고 있었다. 이는 아이들의 온전한 쉼을 방해하는 요소였다. 예산을 확보해 외부 거주 전환을 추진했고 사감 교사는 층을 달리 배치해 학생들이 조금이라도 편안하게 쉴 수 있도록 조치했다.

　학교의 하루하루는 훈련으로 채워졌지만, 그 속에서도 교육이라는 본질을 놓치지 않기 위해 애썼다. 가장 먼저 한 일은 교장실 문턱을 낮추는 일이었다. 권위의 상징이 아닌 소통의 중심으로 만들고자 했다. 학생이 생일을 맞이하면 꼭 챙겨 주고 싶었다. 눈을 맞추며 원탁에 둘러앉아 대화를 나누는 방식으로 관리자가 아니라 교육자의 모습으로 아이들 곁에 다가가고자 했다.

　당시 일부 교사들 사이에서는 본교에서 5년의 근무를 마친 후, 1~2년 정도 유예를 두고 계속 머무르기를 희망하는 요청이 이어졌다. 하지만 단호한 결단을 내렸다. '임기 후에는 반드시 다른 학교로 전보한다.'라는 원칙을 분명히 세운 것이다. 이는 단지 원칙의 문제가 아니라, 학교 조직 전체에 건강한 순환 구조를 만들기 위한 조치였다. 교단의 고령화를 방지하고, 새로운 교사들의 유입을 통해 신선한 에너지와 역동성을 불어넣는 일은 결코 미룰 수 없는 과제였다. 오랜 관행을 끊는 일은 결코 쉬운 결정이 아니었고, 그 과정에서 갈등도 피할 수 없었지만, '학교는 살아 있는 유기체여야 한다.'라는 신념으로 그 원칙을 지켜 냈다.

　학교 환경을 개선하는 일 역시 쉽지 않았다. 체육고등학교 운영에 필수적인 400m 트랙 운동장조차 없어, 훈련 공간의 외연을 확장하는 일은 불가피했다. 인근의 시민운동장, 전천후 훈련장 그리고 반야산과 시민공원을 포함한 외부 공간을 교육 장소로 확보했다. 관련 기관과의 협조를 통해 안정적으로 사용할 수 있도록 했다. 외부 훈련장 사용에 따른 복무 신고 등의 번거로움을 덜 수 있도록 운영 지침을 개선했다. 환경이 바뀌지 않는다면, 그 환경 자체를 교육의 일부로 삼겠다는 단단한 신념이 그 모든 노력의 바탕이었다.

충남체고는 논산에 있다. 논산은 충남과 전북의 경계에 있는 지역으로, 충남 전역에서 학생들을 고르게 유치하기에는 지리적으로 한쪽에 치우쳐 있다는 한계가 있었다. 이 때문에 해마다 우수선수 확보에 어려움을 겪는 일이 반복되었다. 또한 개교 30년이 지나며 운영 종목은 시대 흐름에 맞춰 점차 확대되었지만, 기존 시설은 오래되고 새로 생긴 종목들의 특성을 수용하기엔 물리적인 여건이 부족했다. 특히 여학생 운동부의 확대와 함께 핀수영, 철인 3종 같은 신생 종목이 늘어나면서, 운동 공간과 훈련 시설이 그 수요를 따라가지 못하는 상황이 되었다. 학교의 경쟁력과 전반적인 교육환경에 제약이 생기게 되었다.

이런 제반 상황들로 인해 충남체고 이전에 대한 논의는 오랜 시간 누적된 필요의 결과로 서서히 공감대를 형성해 왔다. 때마침 도의회에서 천안 지역에 제2 충남체고 설립 방안을 검토하자는 의견이 나오면서, 우리는 이러한 흐름을 계기로 도교육청에 충남체고의 이전 타당성 검토를 위한 전문적 연구용역을 의

뢰하게 되었다. 이전 문제는 단순히 장소의 문제가 아니라 충남 학생들에게 더 나은 체육교육 기회를 제공하고 학교가 시대 변화에 능동적으로 대응할 수 있도록 하기 위한 중요한 교육적 선택이었던 것이다.

학교의 정체성을 강화하는 일은 체육고등학교 교육에 있어 반드시 필요한 과제였다. 전지훈련과 대회 출전 등 외부 활동이 잦아 함께 생활하면서 학교문화를 체감하고 소속감을 느끼기 어려운 구조였기 때문이다. 이러한 문제의식을 바탕으로 교가 부르기 대회, 교훈 제정, 역대 학생회장 사진 게시, 충남체고 30년사 제작 등 학교의 정체성을 되살리고 상징을 부여하는 프로젝트들을 단계적으로 추진했다.

특히 교복이 없는 학교였던 만큼, 외형부터 정신까지 '충남체고다움'을 입히는 노력이 필요했고, 이러한 일들은 단순한 기념이 아니라 학생들에게 자신이 '어디에 속해 있는지'를 인식하게 만드는 중요한 정체성 교육의 한 축이었다.

제100회 전국체육대회 때는 결단식을 열고 자체 기념품을 제작하며 체육인으로서의 자긍심을 키워 주었다. 그것은 단순한 이벤트가 아니었다. '공동체 기억을 복원하는 교육'이었고 '소속감'을 형성하는 교육이었다.

어느 날, 예상하지 못한 일이 벌어졌다. 천안교육청에 근무할 당시 그때의 교육장님이 도의회 교육위원이 되어 필자를 격려하러 학교를 방문하겠다고 했다. 일정도 잡고 기꺼이 맞이할 준비를 하던 차에, 함께 오기로 했던 일행 중 한 분이 학교운영위원장님께도 인사를 드리고 싶다고 했다. 이 제안은 전 천안 교육장이 차기 교육감 선거운동을 하고 있다는 오해를 불렀고, 결국 방문을 취소해 달라는 부탁을 드려야 하는 상황에 놓였다. 지금 생각해도 참 안타깝다. 함께 근무했던 동료애를 잊지 않고 먼 길을 오시려던 분의 진심이 왜곡된 것이다. 몇 년 지나지 않아 그분은 지병으로 세상을 떠나셨다. 지금도 마음이 아프고 죄송하다.

코로나19라는 재난이 교육 현장을 덮쳤다. 전국의 학교가 멈춰 섰고, 모든 대면 수업이 중단되면서 교육과정은 사실상 마비됐다. 하지만 우리는 멈추지 않았다. 위기를 기회로 삼아, 오히려 이 시기를 체육 전공 교사의 전문성을 강화하는 계기로 삼고자 했다. 온라인 전문 연수기관의 도움을 받아 60시간 직무연수를 개설했다. 단순한 참여에 그치지 않고, 연수의 설계와 운영, 평가까지 학교 실정에 맞게 진행했다. 혼란 속에서도 흔들림 없이 체육교육의 내일을 준비했던, 진심 어린 실천의 시간이었다.

그늘도 있었다. 학생 간 폭력 사건으로 인해 전학을 가야 했던 아이도 있었고 학부모의 개입이 법적 분쟁으로 번진 일도 있었다. 감독의 유예제도에 불만을 품은 선생님이 무단으로 자리를 비운 일도 있었다. 이상과 현실 사이에서 매일 균형을 고민했다.

새벽 운동, 야간운동, 동계훈련, 하계훈련. 일주일에 한 번 집에 올 수 있는 빡빡한 일정 속에서도 아이들의 성장을 직접 눈으로 확인할 수 있었다. 나의 전공이자 사명이었던 체육이 현실 속에서 어떻게 구현되는지를 온몸으로 체감한 시간들이었다.

돌아보면, 그 자리에 설 수 있었던 건 결코 혼자의 힘이 아니었다. 묵묵히 자리를 지켜 준 교감 선생님의 헌신, 정성으로 학생을 돌보던 체육부장님, 넉넉한 품으로 이끌어 준 선배 교사들, 그리고 존경과 믿음으로 함께해 준 후배 교사들 덕분이었다. 완벽하지는 않았지만, 그 시간들은 진심으로 채워진 날들이었다.

개인적으로도 잊을 수 없는 순간이 있었다. 2019년 11월 말일 딸의 결혼식 날, SG워너비의 '라라라'를 색소폰으로 연주했다. 밤마다 방음부스 안에서 연습한 축주는 '아버지'로서 전하고 싶은 인생 수업이었다. 존엄하고 성실한 삶. 그것이 필자가 아이들에게, 가족에게 남기고 싶었던 진심이었다.

21
교실 밖에서 지킨 약속

2020년 9월, 도교육청 체육건강과장으로 부임했다. 코로나 19의 위기가 한창이던 시기로 대한민국 전체가 마비되었고 교육 현장도 예외가 아니었다. 모든 행사는 생략되거나 비대면으로 전환되었다. 체육, 보건, 급식이라는 학교 교육의 핵심 인프라를 책임지는 자리에서 그 어느 때보다 절박한 업무의 중심에 서게 되었다.

부임 당일, 도의회 업무보고 일정이 예정되어 있다는 소식을 들었다. 정식 발령 전부터 며칠 동안 사전 자료를 검토하며 업무 파악에 나섰다. 첫 출발부터 긴장된 상황이었다.

체육건강과는 사회교육체육과, 평생교육체육과, 체육문화건강과, 체육예술건강과, 체육인성건강과. 그 이름을 여러 차례 바꿔 온 부서였고 그만큼 정체성과 과제는 뒤얽혀 있었다. 체육

건강과장으로 재직하던 2년은 코로나19 대응의 최접점 시기에 있었다. 부임하는 첫날부터 이임하는 그날까지 노란색 민방위복과 함께했다.

감염병 대응 체계를 제대로 작동하기 위해 밤낮 없이 상황실을 운영하며 주말과 공휴일도 없이 현장을 지켰다. 단 하나의 사안도 놓치지 않겠다는 마음으로 모든 행정망을 총동원했고 인력이 부족할 땐 실습 인원까지 투입하며 하루하루를 버텼다.

시군 교육청에 거점형 간이 검사소를 설치하고 열화상카메라, 진단키트, 마스크, 손소독제 같은 방역 장비와 물품을 신속하게 공급했다. 필요한 곳엔 언제나 사람과 장비가 먼저 도착하도록 움직였다. 우리가 추구한 행정은 단순한 명령이 아닌 현장을 움직이는 손과 발, 즉 살아 있는 실천이었다.

지금 돌아보면, 함께한 직원들에게 미안하면서도 고마운 마음이 크다. 그 헌신이 있었기에 우리는 위기 속에서도 흔들리지 않았다. 그 안에서 행정이란 단어가 지닌 무게와 의미를 새삼 배웠다.

행정은 늘 사람과의 문제에서 진짜 갈등을 마주한다. 영양교사 단체와 도의회 간의 긴장 관계는 이미 뿌리 깊은 것이었고, 우리 부서는 그 중심에 서 있었다. 결국 한 의원의 5년치 자료 요청으로 사달이 났다. 우리는 자료 수집의 번거로움과 수고를 줄이기 위해 교육청 차원에서 해결할 방안을 찾아봤지만 공문 시

달이 지연되었다는 오해가 불거졌고 행정감사에서 곤욕을 치르
는 상황이 벌어졌다. 진심은 왜곡되었고 필자는 교육행정의 기
본 원칙인 '절차적 정의'가 얼마나 중요한지 뼛속 깊이 배웠다.

　공약사업 중 이행되지 못한 두 가지 과제가 있었다. 두 사업
모두 체육건강과 소관이었는데, 바로 '건강증진학교'와 '영양교
육체험관' 설립이었다. 그중 아토피와 천식 등으로 고통받는 학
생들의 학습과 치유를 위한 '건강증진학교'는 기본계획서가 이
미 마련되어 있어 추진이 비교적 수월했다. 하지만, 영양교육
체험관은 여러 명의 전임 과장들이 거쳐 가는 동안에도 끝내 해
결하지 못한 난제였다. 매번 도의회에 상정조차 되지 못하고 막
혀 있었다.

　우리는 방향을 바꾸었다. 영양을 넘어 체육과 보건을 포괄하
는 가칭 '학생건강증진통합체험관(이후, 학생건강교육센터)'으
로 확장하는 것이었다. 서울시교육청의 보건안전진흥원, 경기
도교육청의 학생스포츠체험센터, 부산시교육청의 영양교육체
험관의 기능과 장점을 모아 전국 최초의 통합형 건강 체험 시설
을 제안했다. 그 결과 조례가 통과되고 예산이 확보되었으며 마
지막 남은 공약사업을 이행할 수 있었다.

　영광스럽게도 이 시기 교육부 소관 학교체육진흥위원으로 활
동할 기회를 얻었다. 17개 시·도교육청의 체육건강과장 대표
로 참석하는 자리였기에 상당한 무게감이 있었고, 나름 자부심

도 느낄 수 있는 뜻깊은 경험이었다.

충남체고 재직 시절, 입학생 80명 중 졸업생이 60여 명에 불과한 현실을 보며 문제의식을 느꼈다. 적성에 맞지 않는 학생들이 무작정 운동부에 들어왔다가 중도 탈락하는 구조를 개선하기 위해, 충남스포츠과학센터와 협력하여 30여 개 항목의 스포츠 적성검사를 도입했다. 이 검사는 신체 조건, 성장 가능성, 심리적 강인함 등을 평가해 학생 개개인에게 맞는 종목을 안내하고, 운동 진로에 대한 정확한 정보를 제공했다. 운동을 계속할 아이는 확신을 갖고, 맞지 않는 학생은 방향을 조정할 수 있게 돕는 체계였다. 이는 하워드 가드너의 다중지능이론에 부합하는 교육 접근으로, 학생의 재능을 조기에 발견하고 성장 가능성을 열어 주는 실천적 교육의 예라 할 수 있다.

더불어 엘리트 체육의 굳건한 생태계를 유지하기 위해 기초 종목 활성화에 주력하였다. 체육 인재 선발대회를 신설하여, 선정된 학생에게는 장학금과 인증패를 주면서 진로와 연결되는 계기가 되도록 하였다. (재)충청남도체육장학회 장학금 지급 기준도 손을 보았다. 연계 육성은 물론 장학금의 순기능과 선한 영향력 등을 고려했다.

충남처럼 농산어촌 소규모 학교가 많은 지역에서는 실내 체육활동을 제대로 펼치기 힘든 학교가 많았다. 조사 결과 무려 33개 학교가 체육관 없이 급식실을 체육수업 공간으로 쓰거나,

책상을 밀쳐낸 교실 한복판에서 체육활동을 해야 하는 실정이었다. 사업계획을 작성하고 예산을 확보해 3개년 계획으로 소규모 체육관 설치 사업을 추진하였다.

생존수영 교육의 질을 높이기 위한 실천적 접근도 병행했다. 실내 수영장에서 벗어나 자기 몸을 지킬 수 있어야 하기 때문이다. 관련 시설을 갖춘 대학교와 업무협약을 맺고 '바다수영' 중심의 생존수영을 추진하였다.

모든 도전이 늘 성과로 이어지는 것은 아니었다. 끝내 이루지 못한 일이 하나 있다. 바로 '학교 운동장 최적화 사업'이다. 운동장은 학생들이 일과 중 가장 자주 마주하는 공간이다. 하지만 현실의 운동장은 대부분 네모반듯한 직사각형으로 마치 군대의 연병장을 닮은 모습에 머물러 있다. 게다가 학생 수가 급감한 소규모 학교들은 잡초 제거조차 버거운 상황에서 운동장 유지 관리에 큰 어려움을 겪고 있다.

운동장은 아이들에게 감수성과 상상력을 키워 주는 동시에 관리 또한 효율적이어야 한다. 나무가 있고 그늘이 드리우고 친구들과 둘러앉아 이야기를 나눌 수 있는 공원 같은 운동장. 아이들이 그곳에서 에너지를 얻고 마음의 쉼표를 찍을 수 있기를 바랐다. 이러한 취지로 운동장 최적화 사업을 제안하고 적극 추진했지만, 교육 현장의 낮은 인식과 지역사회의 미온적인 반응 등 복잡한 현실 앞에 가로막혀 일부 학교에서만 제한적으로 시행되는 데 그치고 말았다.

"환경은 제3의 교사"라는 말처럼, 운동장은 단지 운동하는 공간이 아니라 배움의 무대요, 정서적 회복의 거점이다. 그곳이 아이들에게 '쉼과 상상력, 따뜻한 기억'을 주는 공간으로 바뀌길 여전히 꿈꾼다.

급식 분야에서는 식중독 사고 예방을 위해 급식 조리학교 전체에 위생관리시스템을 도입했다. 단계별, 과정별 모니터링과 신속한 조치가 가능하게 되었고 학교 현장의 안전 수준이 한 단계 올라섰다. 이 모든 조치는 단순한 행정보다도 더 큰 교육적 의미를 지녔다.

개인적으로 건강은 점점 무너졌다. 과중한 스트레스와 불규칙한 생활 속에서 스트레스성 위염이 장기간 지속되면서 장상피화생으로 진전되고, 위암 발생 가능성이 일반인보다 11배 높다는 말에 삶의 방식을 송두리째 바꾸게 되었다.

금주, 소식(小食), 규칙적인 운동… 아이들의 건강을 위해 수없이 강조해 온 조언들이 이제는 필자를 향한 충고로 되돌아왔다.

22
실용과 가치의 이름으로

2022년 9월, 42년 만에 고향으로 돌아왔다. '금의환향'이라는 말이 어색하고 부담스러울 만큼 반겨 줬다. '말보다는 실천', '실적보다는 가치', '권위보다는 실용'을 선택의 기준으로 삼겠다는 마음을 품고 제32대 서산교육지원청 교육장으로 부임했다.

교육장으로서의 첫 업무는 수년 전부터 이어져 온 지역 현안이었다. 주민 2천여 명이 국민신문고를 통해 중학교 이전을 요구해 온 사안이었다. 교육청은 이미 지자체와 협의해 통학버스를 지원하고 있었다. 도교육청에서도 환경 개선을 위한 예산을 세우고 다양한 조치를 진행해 왔지만, 외형상 변화가 빠르게 눈에 띄지 않다 보니 학부모들의 불만은 여전히 해소되지 못한 채 긴장감이 지속되고 있었다.

그래서 취임식을 생략하고 곧장 현장으로 향했다. 통학 차량에 탑승하여 운용 실태를 점검했고, 학교장과 대화를 나누며 현안을 꼼꼼히 확인했다. 이후 지역 교육발전협의회를 구성해 그들의 목소리를 들었고 그것을 토대로 환경 개선에 적극 반영했다.

문제의 원인은 도시개발이 본격화되면서, 중학교 위치에 대한 민원이 제기되기 시작했다. 학교가 주택 밀집 지역이 아닌 산업단지를 지나 약 2km 이상 떨어진 곳에 있기 때문이다. 학부모들은 학생들의 통학 거리와 안전 문제를 우려하며 서산시청과 우리 교육청을 대상으로 학교를 주택단지 인근으로 이전해 달라는 요구를 계속해 왔던 것이었다.

하지만 상황은 중학교 인근에 유치원이 들어서고, 그 주변으로 실내 체육센터와 숲 놀이 체험관까지 조성되면서 달라지기 시작했다. 해당 지역은 전국 최고 수준의 유아교육 클러스터로 주목받았고, 유치원 입학을 희망하는 대기자들이 줄을 이을 정도로 인기가 높아졌다. 이와 함께 학부모들의 인식에도 변화가 생겼다. '유치원 아이들도 다니는 거리인데, 다 큰 중학생이 못 다닐 이유가 있겠느냐'는 공감대가 형성되면서 중학교 이전 요구는 자연스럽게 사라졌다. 동시에 학교에 대한 지역사회의 신뢰도 한층 높아지게 되었다.

그 무렵, 코로나19가 주춤하면서 비대면 중심의 행정이 다시 대면 중심으로 전환되기 시작했다. 교육청 내부도 혼란스러웠다. 지역교육청 특성상 신규 장학사들이 많았고, 대면 행정 경험이 부족해 현장 적응이 쉽지 않았다. 필자 역시 불안정한 구조 속에서 완벽을 기대하다 보니 장학사들의 마음을 충분히 헤아리지 못한 점이 아쉬움으로 남는다. 그러나 포기하지 않았다. 그들과 함께하는 동안 원칙을 고수하며 때로는 힘들게 했을지라도, 언젠가 다른 자리에서, 혹은 더 높은 직급에서 그 시절을 돌아볼 때 "그때 제대로 배워서 참 다행이었다."라고 느끼길 바랐다.

행정의 철학은 단순한 결과보다 '과정을 통한 성과'에 중심을 두었다. 특히 지자체와는 그 어느 때보다 긴밀한 협력 체계를 구축하여, 교육행정협의회를 교육청과 시청이 번갈아 주최하며 실효성 있는 정책을 하나씩 실현해 나갔다. 단순한 회의에 그치지 않고 '학생회장 원탁회의'처럼 목소리를 직접 듣고 정책에 반영했다. 학교급에 맞춘 프로그램도 정교하게 이뤄졌다. 초등학생을 위한 시티투어, 중학생을 위한 국외 역사 문화 탐방, 고등학생을 대상으로 한 명문고 육성 사업까지 촘촘하게 진행됐다. 이러한 노력이 축적되며 교육특구 지정이라는 값진 성과로 이어졌고 타 시군의 부러움을 사기에 충분했다.

서산시장님과는 이름이 비슷하다는 이유로 "혹시 친척 아니냐?", "형제지간 아니냐?"라는 농담을 자주 들었고, 덕분에 주변에서는 우리 사이를 꽤 가까운 관계로 보기도 했다. 실제로 교육과 지역의 동반 성장을 위해 유기적인 소통과 협력을 이어

갈 수 있었던 소중한 시간이었다. 그분은 본래 교사가 되는 것
이 꿈이었다고 말하곤 했다. 그만큼 교육 현장과 학교 운영에
대한 이해와 애정이 남달랐다. 아이들을 진심으로 좋아하고,
교육의 변화에도 깊은 관심을 가지며 언제나 먼저 발 벗고 지원
에 나서 주셨다. "서산의 미래 시민은 지금 교실에 있다."라는
신념을 늘 실천으로 보여 주신 분이었다. 그런 훌륭한 분과 함
께할 수 있었기에, 재직하는 동안 교육 현장에서 참 많은 일을
시도하고 또 이룰 수 있었다. 지금도 그 시간이 진심으로 감사
하게 남아 있다.

매일 아침 '1일 1교 둘러보기'를 실천했다. 긴급한 출장이나
외부 행사가 없는 날이면, 출근길에 관내 학교 한 곳을 들러 교
문 앞의 풍경을 바라보고, 펼침막 하나까지도 눈여겨보며 현장
과 행정의 온도 차를 점검했다. 그 시간은 단순한 방문이 아니
라, 교육청의 정책과 행정이 학교 현장에서 제대로 작동하고 있
는지를 확인하는 소중한 기회였다. 등교지도에 나선 교사와 자
원봉사 학부모의 고충을 직접 들을 수 있었다. 아침 등교지도가
은근한 부담으로 다가온다는 솔직한 목소리를 듣고, 서산시청
의 도움을 받아 시니어 교통봉사단을 시내권 중학교까지 지원
했다. 어르신들께는 보람 있는 사회참여의 기회를, 교사와 학
부모에게는 숨 돌릴 여유를 선물한 결정이었다. 이는 "행정은
존재하는 것이 아니라 작동하는 것이다."라는 피터 드러커의

말을 내 방식대로 실천한 순간이었다.

초등학교 통학버스 문제 역시 실용적인 해법이 절실했다. 안전사고에 대한 부담으로 인해, 한마을에 사는 형제라도 초등학생이 아니면 탑승할 수 없는 불합리한 구조부터 손을 봤다. 탑승 기준을 보다 현실적으로 조정하고, 운영상 책임 소재를 명확히 하면서도 유연성을 확보해 나갔다. 이러한 개선은 학부모들의 만족도를 높였을 뿐만 아니라, 실제 현장에서도 긍정적인 반응을 이끌어 냈다. 결과적으로 이 정책은 좋은 사례로 평가받으며 다른 시·군 교육청에서도 주목하는 모범사례로 확산되었다.

학교 체육시설 개방도 주민 민원이 많았던 사안이었지만, 체육회와의 업무협약으로 해결점을 찾았다. 교육청은 환경 개선을 책임지고, 체육회는 사용자 교육을 담당했다. 학교는 더 이상 닫힌 공간이 아니었다. '공공재로서의 학교'라는 가치가 실현되었다.

학교를 둘러보던 중 교문 앞에서 벌을 서며 팻말을 들고 있는 학생을 보았다. '학교 오는 길이 행복했으면 좋겠다.'라는 바람이 머리를 스쳤다. 우리는 '학교 가는 길 봉사단'을 조직했다. 음악을 전공하거나 좋아하는 교육청 직원들과 함께, 등굣길에 악기 연주로 하루를 시작했다. 이후 관내 학교의 입학식, 졸업식, 폐교 위로 행사, 어르신 한글 교실 수료식까지 음악 봉사활동은 계속 이어졌다.

필자도 드럼을 맡았다. 그것은 '감독자가 아닌 동행자'로서의 자세였다. 함께 연주하며 교육행정이 무엇인지 몸으로 보여 주고자 했다. 이 활동은 행정감사에서 칭찬을 받으며 전국적 관심을 끌었고, 각종 방송매체에도 소개되며 뜻밖의 명성을 얻기도 했다.

돌이켜 보면, '학교 가는 길 봉사단'은 단순한 아이디어 하나로 실현될 수 있는 일이 아니었다. 누구나, 어디서든, 한 가지 일을 더 한다는 건 생각보다 훨씬 더 큰 노력과 열정을 요구한다. 특히나 우리처럼 직종도, 업무 시간도 제각각인 직원들로 구성된 팀에게는 연습 시간을 확보하는 일조차 쉽지 않았다. 인사이동으로 멤버가 수시로 바뀌었다. 건반 악기는 무려 네 번이나 교체됐다. 통기타, 플루트, 건반, 드럼으로 구성된 팀의 악보 편곡도 여간 까다로운 일이 아니었다. 게다가 아침 일찍 공연 장소로 이동해 설치하고 사전 연습까지 마쳐야 하는 일정을 소화하려면 단순한 열정만으로는 감당하기 힘들었다. 그렇기에 그 시절, 그 어려운 여건 속에서도 묵묵히 함께해 준 동료들이 지금도 무척 자랑스럽다.

아울러 기관장으로서 가장 영예롭게 여기는 청렴 최우수 기관으로 선정되었고, 우수 사례를 발표하는 영광도 누렸다. 14개 시군 교육장을 대표하여 '풀뿌리 자치 대상'을 수상하는 영예도 얻었다. 단지 주어진 역할을 다했을 뿐이지만, '가치는 실적보다 크고, 실용은 권위보다 깊다.'라는 철학이 빛을 발한 순간이었다.

임기 마지막 날, 별도의 이임식은 없었다. 자리를 옮기는 다른 직원들과 같은 소박한 송별회로 그 긴 여정을 정리하고자 했다. 이는 필자의 신념이었고, 지금의 자리를 가능하게 한 이들에 대한 예의였다.

그리고 느낀다. 이 모든 걸 가능하게 해 준 사람들 앞에서 진심으로 고개 숙여 감사할 수 있음이야말로 공직자의 마지막 덕목이라는 것을. 이 조용한 퇴장은 끝이 아니라 또 하나의 출발을 준비하는 마음의 이정표다. 다시, 가치의 중심에서 사람을 위한 길을 걷고자 한다.

돌이켜 보면, 교육장 발령 소식을 들은 가족들은 그 순간을 '가문의 영광'이라 말하며 조상님들이 잠든 선산에 기념식수를 해 줬고, 명패를 직접 제작해 '이 자리를 당신답게 빛내 달라'는 응원을 건넸다. 그 마음 하나하나가 나에겐 든든한 언덕이었다.

아내는 교육장 발령에 맞춰 교직을 명예롭게 마무리하고, 말 없이 짐을 꾸려 부임지로 함께 내려왔다. 가장 가까운 자리에서 묵묵히 함께해 준 존재가 있었다. 인생을 지탱해 준 단단한 조력자였다. 그렇게, 가족의 힘은 위대했다.

23

남은 시간의 온도

정년을 목전에 두고, 교육 여정을 다시금 돌아보게 되었다. 교육청의 장으로 퇴직하는 영예로운 선택이 있었지만, 과연 그 자리가 교육의 실체를 끝까지 마주한 것이었는가를 스스로에게 물었다.

지난 수십 년간의 교육정책과 행정의 방향이 과연 교실 안으로 도달했는지, 그리고 그것이 아이들의 삶을 얼마나 바꾸었는지를 확인하지 못한다면 진정한 마무리는 될 수 없다고 판단했다.

결국 다시 학교로 돌아가기로 했다. 인사 관련 부서에서 조심스레 의견을 물었을 때, "어디든 아이들만 있으면 됩니다. 마지막 봉사하는 마음으로 현장에 나가는 것인 만큼, 남들이 원치 않는 학교면 더 좋겠습니다."라고 대답했다.

2024년 3월, 서산의 B 중학교로 발령을 받았다. 특수학급을 포함한 19학급, 470명의 학생과 52명의 교직원이 함께하는, 개교 30주년을 맞이한 중견의 전통을 지닌 학교였다. 세월이 쌓인 만큼 학교는 깊이와 무게를 지녔고, 중견 교사들이 중심을 잡으며 전반적인 운영은 안정적이면서도 단단하게 이어지고 있었다. 교정은 한눈에 들어왔고, 학교 전체는 정제된 시스템 속에서 능동적으로 움직이는 살아 있는 유기체처럼 느껴졌다. 그 안에서 새로운 숨결을 느꼈고, 이곳이 마지막 교육 여정을 마무리할 무대가 될 수 있겠다는 확신이 들었다.

교장으로서 첫날, 아이들에게 약속했다. "여러분의 표정이 밝아지는 그날까지, 최선을 다하는 선생님이 되겠습니다." 짧지만 강한 메시지였고, 학생들은 뜨거운 박수와 환호로 응답해 주었다.

학교 교육 비전을 '소통과 존중으로 안전하고 행복한 학교 만들기'에 두었다. 무엇보다 안전과 행복을 중심 가치로 두고, 위험 요소를 제거하고 학생 중심 환경을 조성하는 데 주력했다. 지역사회와의 연결을 강화하기 위해 명망 있는 지역 인사를 학교운영위원장으로 모시고, 교육공동체의 사기 진작을 위해 환경 개선에 힘썼다.

학생 존중 문화를 확산시키기 위해 등교 맞이를 하며, 학교 만족도를 높이기 위해 교육환경을 개선하고 노후화된 담장 정비와 체력장 정비 등 학교 전반의 물리적 환경을 하나하나 손보기 시작했다.

학생회와의 소통을 위해 매월 첫째 주 월요일마다 간담회를 운영하며, 학생의 목소리를 학교 경영에 반영하고자 했다. '행복한 한 끼' 프로젝트로 학생이 직접 식단을 구성하게 했고, '계절에 맞는 타종 소리', '연중 꽃피는 학교', '감성 꿈틀 사업'과 같은 감성 프로젝트를 통해 교육 공간 자체가 아이들의 삶에 따뜻한 영향을 주도록 했다.

인간으로서 가장 기본적인 권리를 보장하는 인권. 이를 바탕으로 한 기초학력, 기초체력, 기본 소양은 교육의 본령이 되어야 한다. 이것을 실현하기 위한 교육과정을 교직원과 함께 구상하고, 학사력부터 수업의 모든 세부 계획까지 아이들 중심으로 짜도록 했다. 디지털교과서 선도학교를 수행하면서 미래형 교육 환경 구축에도 힘썼다.

그러나 언제나 좋은 일만 있었던 것은 아니었다. 이 학교를 다른 교장들이 선호하지 않았던 이유가 시간이 지나며 서서히 드러났다. 겉으로는 평온해 보였지만, 그 안에는 오래된 인간관계 갈등이 자리하고 있었다.

"그만두고 싶다."라고 호소하는 교직원 앞에서, 어떤 뾰족한 해결책도 내놓지 못하는 자신이 부끄러웠다. 교육청에 도움을 요청해도 돌아오는 건 '위법은 없다.'라는 원론적인 답뿐이었다. 그 속에서 끊임없이 고민하고 흔들렸다.

그저 교장실에서 따뜻하게 품어 주고, 더 큰 일이 발생하지 않도록 조심스럽게 살피며 하루하루를 보냈다. 그렇게 시간이 지나고 직원 인사이동과 함께 상황은 조금씩 정리되었고, 자연스럽게 갈등도 해소되었다. 그러나 아쉬움은 여전히 남는다. 어느 학교든 비슷한 갈등이 또다시 반복될 수 있다는 것. 구조적 어려움에 대한 해법이 아직은 부족하다는 현실이 안타깝기만 했다.

교육 행정가 헨리 민츠버그는 "조직의 리더는 제도의 틀을 넘어 인간적 감각으로 리드해야 한다."라고 강조했다. 그렇다. 정책과 행정, 인간적 감성의 조화를 통해 '살아 있는 교육'을 실현하고자 했다. 그런 하루하루 속에서 다시 배웠다. 교육은 눈에 보이는 결과가 아니라, 보이지 않는 가능성을 깨우는 일이라는 것을. 리더십은 지시가 아니라 감각이고, 정책은 문서가 아니라 사람 속에서 꽃피워야 한다는 것을. 무엇보다 중요한 것은, 남은 시간에도 그 진심을 끝까지 지켜 내야 한다는 것을.

2024년 7월. 인생에 깊은 흔적을 남긴 또 하나의 시간이 다가왔다. 아내와 함께 맞이한 회갑이었다. 1녀 5남, 여섯 남매의 형제가 모두 한자리에 모였다. 다복한 풍경이었다. 5년 전 딸의 결혼식에서 축가로 불렀던 SG워너비의 노래를, 이번에는 사위가 회갑 축하곡으로 다시 불러 주었다. "사랑해요, 고마운 내

사랑, 평생 그대만을 위해 부를 이 노래…" 가사의 한 소절 한 소절이 지난 세월의 희로애락을 불러냈다. 아내와 함께 걸어온 삶의 길, 교실과 가정 사이에서 엇갈린 무게들을 함께 이겨 낸 세월이 눈앞에 펼쳐지는 듯했다.

그 따뜻한 시간의 한복판에서 그해 12월 어머니가 타계하셨다. 99세의 일기로, 무려 16년을 요양원에서 조용히 지내시던 어머니는 그렇게 마지막 숨을 거두셨다. 어릴 적, 자식의 꿈이 꺾이지 않도록 당당히 앞에 서 주셨던 분. 우리 가방을 빼앗지 말라고 호소하던 그 단단한 목소리. 아이의 실수는 타이르되, 마음은 꺾지 말라는 철학. 그 모든 것이 사라진 듯한 아득한 감정이 밀려들었다.

어머니는 삶의 첫 번째 스승이셨고, 사람을 가르치는 태도를 몸소 실천하며 보여 준 진정한 어른이셨다. 단 한 번도 어머니에게 교육을 받았다고 말한 적은 없지만, 교사가 되어 어떻게 살아야 하는지를 알려 준 이는 다름 아닌 어머니셨다. 교육철학의 밑그림과 바탕은 모두 그 품에서 비롯되었고, 늘 그 품을 닮기 위해 애써왔다.

부임하여 1년 6개월이 되어갈 즈음, 몇몇 교직원이 조심스레 묻는다. "교장선생님, 다른 곳으로 가시는 건 아니죠?" 통상적으로 교장의 전보는 1년 6개월부터 가능하기에 그런 질문이 나오는 듯했다. 함께 계속 근무하고 싶다는 교직원들의 진심 어린 말에서 행복감을 느꼈고, 동시에 더 잘해야겠다는 책임감도 커졌다. 그래서 오늘도 활짝 핀 얼굴로 교직원과 아이들을 맞이한다. 오늘도, 행복하다고 느끼며.

교육의 마지막 여정을 함께 걸어 준 모든 선생님께 진심으로 감사드린다. 묵묵히 교실에서 아이들을 지켜 주는 선생님, 내 몸처럼 학교를 살피며 함께해 준 교직원 한분 한분, 다시 교육 현장으로 불러 준 아이들. 여러분 덕분에, 교육 여정은 천천히, 그러나 확실히 완성되어 간다.

이제 다시 교실을 바라보며 기록한다. 이 기록이 언젠가 후배 교사들에게 작은 이정표가 되기를 바라며, 우리가 걸어온 길, 그리고 앞으로 가야 할 길이 '완벽함'이 아니라 '진심'으로 채워지기를 소망한다.

2부

학교 다녀왔습니다

1
존재를 불러내는 교실

수십 년을 걸어온 교육의 길이지만, 여전히 교실 안에는 미처 다 보지 못한 풍경들이 있고, 들리지 않은 목소리가 있다. 아이들과 마주하는 이 시간이 얼마나 소중하고 절실한지를 새삼 깨닫게 된다. 떠난 후에도 이 교실이 아이들에게 더 나은 공간이 되길 바라는 마음에서, 오늘 다시 질문을 꺼낸다.

'지금, 우리는 아이 한 명 한 명의 존재를 불러내고 있는가?' 교육은 결국 사람을 향하는 일이다. 아무리 정교한 제도와 화려한 기술이 교실을 가득 채운다 해도, 교육의 본질은 이 한 문장에서 벗어나지 않는다. 아이의 존재를 불러내는 일. 그것이 교육의 시작이며 끝이다.

돌이켜 본다. 인생을 통틀어 결정적인 힘이 되어 준 사람들을. 초등학교 4학년 때, 복도를 쓸고 있던 필자에게 "복도가 매일 깨끗했는데, 그게 네가 한 일이었구나.”라고 말해 주신 선생님. 고등학교 시절, 가능성을 알려 주신 체육 선생님. 야영장에서 만난 연구사님의 따뜻한 격려. 삶의 모든 순간을 지지해 주셨던 어머니.

그분들의 말 한마디, 따뜻한 시선이 모여 지금의 필자를 만들었다. 돌이켜 보면, 존재를 불러낸 그 시작은 ‘존중’이었다. 개성이 인정받고, 가능성으로 받아들여졌던 순간들이 삶 전체에 굳건한 뿌리를 내리게 했다. 이 경험을 통해 분명히 말할 수 있다. 아이들을 존중하는 것은 한 사람의 일생을 좌우하는 가장 중요한 교육의 뿌리라고.

어떤 이들은 말한다. “학생 인권을 너무 강조하면 교권이 침해될 수 있다.”라고. 그러나 이는 현실을 충분히 들여다보지 않은 과도한 해석이다. 오히려 존중받지 못한 학생이 어른이 되었을 때, 타인을 존중하지 못하고 권위를 파괴하는 사회적 문제를 일으킨다. 반대로, 존중 속에서 성장한 아이는 인간으로서 가장 중요한 덕목인 인성을 자연스레 익힌다. 인권 교육은 단지 이상이 아니라, 지속 가능한 공동체를 만드는 실천 그 자체이다.

그 존중의 실천이 얼마나 깊은 변화를 만드는지를 보여 주는 사례가 있다. 예전에는 소위 명문고라 불리는 학교에 성적이 우수한 아이들이 모였고, 첫 시험 결과에 따라 낙심하는 아이들이 적지 않았다. 어떤 아이는 첫 시험 이후 전학을 결심하기도 했다. 그때 한 담임선생님은 시험 후 성적표를 나눠 주며 상위 20등까지는 정확한 순위를 제공했고, 나머지 40여 명의 학생에게는 모두 '21등'이라는 쪽지를 접어 전달했다. 집에 가서 펼쳐 보라고 말하며. 아이들의 사기를 꺾고 싶지 않았던 선생님의 세심한 배려였다. 그 마음을 읽은 학생들은 좌절 대신 새로운 결심을 품고 더욱 열심히 노력했고, 결국 반 전체가 더 나은 성과를 이뤄 냈다. 존재를 불러내는 존중은 그렇게 실천된다.

20여 년 전, 함께 근무한 체육 선생님은 체조 수업 중 '손짚고 앞돌기'를 지도할 때, 보조자 역할을 하기 위해 여학생의 몸을 넘겨 줘야 하는 순간, 그 교사는 여학생들이 불쾌감을 느끼지 않도록 장갑을 착용하고 수업에 임했다. 작은 배려지만, 큰 울림이었다. 그 모습은 존중이란 상대방의 관점에서 내가 불편하더라도 이해하고 다가서는 것임을 말없이 보여 주었다. 아이들은 그 모습을 통해 진짜 '교사다움'을 배웠고, 필자 역시 많은 것을 느꼈다. 교실은 가르침이 이루어지는 공간이지만, 동시에 살아 있는 관계의 현장이다.

부끄러운 과거가 있다. 교단에 처음 섰을 무렵, 체벌이 관행이던 시절의 분위기 속에서 별다른 고민 없이, 필자도 똑같은 행동을 했던 기억이 있다. 그 시절을 떠올릴 때면 지금도 깊은 후회와 반성이 뒤따른다. 교사에게 주어진 권위가 때론 무의식중에 아이의 존엄을 침해할 수 있다는 사실을 너무 늦게 배웠다.

우리는 지금 디지털 문명이 빠르게 진화하는 시대에 살고 있다. AI와 로봇이 인간의 삶을 주도하게 되는 이 흐름 속에서, 인간만이 가진 고유한 힘은 오히려 더 중요해지고 있다. 바로 존엄과 감정 그리고 타인을 향한 공감력이다. 이러한 능력은 학습만으로 길러지지 않는다. 존중받는 문화 속에서만 자란다.

그렇다면 무엇을 해야 하는가. 교장은 학교의 얼굴이자 상징이다. 그래서 매일 아침, 교문 앞에 서서 아이들을 맞이한다. 이름을 부르고 눈을 맞추며 "안녕하세요. 어서 오세요."라고 인사한다. 그 작은 인사가 하루를 바꾸고, 아이의 존재를 깨우는 첫걸음이 되기를 바란다.

교장실 한복판엔 전교생 사진이 걸려 있다. 아이들의 이름을 한 명 한 명 외우려 노력한다. 어떤 아이가 어디에 있는지, 어떤 눈빛을 지녔는지를 기억하고자 한다. 존재는 기억될 때 존중받는다.

학교 공간도 마찬가지다. 시설이 노후화됐다고 해서 방치하지 않는다. 누구도 소외되지 않는 쾌적하고 안전한 환경을 위해 하나하나 손본다. 차별 없이 누구나 존중받는 공간을 만드는 것이 필자가 할 수 있는 가장 현실적인 실천이기 때문이다.

존중은 선언이 아니라 실천하는 문화가 되어야 한다. 아이의 이름을 부르는 것, 작은 말과 행동 하나에 응답하는 것, 이러한 문화가 누적될 때 비로소 인권이 살아 숨 쉬는 교실이 된다.

그 교실에서 교권 또한 함께 살아난다. 교권은 권위를 주장한다고 지켜지는 것이 아니라, 학생이 교사를 신뢰할 때 자연스럽게 형성된다. '무조건 복종'이 아니라 '서로 존중하는 관계' 속에서 교사의 말은 더 깊게 울린다. 결국 인권과 교권은 대립 관계가 아니라 공존의 가치다.

아이들의 눈빛 속에서 다시 희망을 본다. 이름을 불러 주었을 때 밝아지는 표정. 그 속에 교육의 본질이 담겨 있다. 앞으로의 학교는 더 따뜻하고, 더 안전하며, 더 존중받는 공간이 되기를 간절히 소망한다.

교육은 완성되지 않은 꿈이고, 아이는 아직 열어 보지 않은 가능성이다.

2
품으로 남는 교육

어떤 모습으로 기억되고 있을까. 매일 정신없이 살아가는 와중에도 이 질문만은 놓치지 않으려 했다.

교육은 전달이 아니다. 그것은 관계의 온도이며 마음의 깊이다. 그중에서도 가장 근본적이고도 본질적인 것이 바로 '품'이다. 단지 외형의 단정함이나 예의 바름이 아니라, 누군가를 끝까지 감싸안을 수 있는 마음의 넓이에서 비롯된다. 필자는 그 '품'을 어머니에게서 가장 먼저 배웠다.

어린 시절 훈계의 목적으로 아이들의 가방을 빼앗은 어른들 앞에서, 어머니는 단호히 외치셨다. "아이의 꿈을 꺾지 마시오." 그 목소리는 단순한 항변이 아니라 교육이 무엇인지 처음으로 보여 준 살아 있는 정의였다. 어머니의 품은 교사가 된 필자의 삶에 깊은 뿌리로 남았다. 그 품은 학생의 실수를 용서가 아니라 이해로, 단죄가 아닌 안내로 바라보게 했다.

체육 교사 시절에는 여벌의 운동복을 챙겨 다니며 아이들과 함께 운동장을 누볐다. 땀 흘리는 순간에도 교사로서의 품격을 지키고 싶었다. 출퇴근 복장을 단정하게 갖추고 말보다 행동이 앞서야 한다고 믿었다. 그건 단지 외형의 정갈함이 아니라 태도를 보여 주는 무언의 메시지였다.

엄격하되 정직하려 했고 자유롭되 정확하려 했다. 학생들은 우리가 말한 대로 배우지 않는다. 우리가 살아내는 모습을 보고 배운다. 그래서 교사는 언제 어디서든 교사여야 한다. 교단이 아닌 곳에서도 품격을 잃지 않아야 하며, 늘 누군가의 거울이 되어야 한다. 한때 "선생님 같은 체육 교사가 되고 싶어요."라던 제자들이 지금은 같은 교단에서 교편을 잡고 있다. 그들과 함께 교육의 고민을 나눌 수 있다는 사실은 교육자로서 가장 큰 보상이자 자부심이다.

그러나 오늘날의 학교 현장은 예전과 많이 달라졌다. 교사는 존경의 대상이 아닌 평가의 대상이 되었고, 교단의 권위는 점점 희미해지고 있다. 학교 담장 허물어지듯이 마음의 울타리도 함께 무너졌다. 이러한 변화는 학교와 교사의 품격을 점점 해체하는 구조로 작용하고 있다.

우리는 다시 돌아봐야 한다. 교사의 품격이란 무엇인가? 그것은 공정함과 일관성에서 시작된다. 보이지 않는 곳에서 묵묵히 실천하며, 남들이 꺼리는 일을 먼저 맡는 태도, 아이들과 같은 눈높이에서 삶을 나누는 자세다. 품은 말이 아니라 삶의 태도이며, 그것은 반드시 학생에게 전달된다.

오늘날 교육은 정보의 전달을 넘어선다. 인공지능과 인터넷이 모든 정보를 손안에 제공하는 시대다. 하지만 진심과 태도, 방향성과 품격은 검색되지 않는다. 앞으로의 교육은 속도가 아니라 방향, 경쟁이 아니라 성숙을 지향해야 한다. 그 성숙을 기다려 주는 교사, 함께 걸어 주는 어른이 필요하다.

교육장에 취임했을 때와 임무를 마쳤을 때, 별도의 취임식이나 이임식을 하지 않았다. 이미 공문으로 전달된 사실을 굳이 행사로 다시 알릴 필요는 없다고 판단했기 때문이다. 대신, 현장을 살폈다. 말보다 행동, 권위보다 실용, 실적보다 가치를 선택한 필자의 철학을 실천으로 보여 주고자 했다.

그것은 곧 신념이었고, 필자가 만난 위대한 스승들의 품이 남긴 가르침이었다. 교사는 학생들에게 보이지 않는 세계를 길러 주는 사람이다. 때로는 한마디 말이 뼛속 깊이 스며들기도 한다. 그것이 교육이고, 그것이 품이다.

골든벨을 울리는 정보보다, 하루를 성찰하게 만드는 말 한마디가 더 중요한 시대다. 깨달음이 있는 하루가 아이들의 삶을 바꾼다. 오늘도 묻는다. 지금도 누군가에 귀감이 되고 있는가? 품격 있는 하루를 살았는가? 그 사람이 없어도 그 사람의 품이 남는 교육, 바로 그 교육을 우리는 하고 있는가?

지금 학교에서 또 다른 분의 품을 배우고 있다. 바로 시설관리 주무관님이다. 그분은 이름있는 직장에서 정년을 마치고 우리 학교에 재취업하셨다. 단순한 업무를 넘어서 학교 전체의 품격과 분위기를 바꾸는 데 큰 역할을 하고 있다.

그분은 같은 일을 다르게, 어렵지 않게, 의미 있게, 성실하게 해내신다. 그분의 일상은 아이들과 교직원 모두의 얼굴에 미소를 불러오고, 손길이 닿은 곳마다 환경이 달라진다. 누군가는 그분을 하위직 근로자로 볼지 모르지만, 우리는 매일 확인한다. 그분의 품성과 정성이 학교 전체의 품격을 끌어올리고 있다는 사실을.

말없이 묵묵히 실천하는 그 모습은 교육의 본질을 다시금 떠올리게 한다. 교단 위에서만 가르침이 있는 것은 아니다. 말 없는 실천은 아이들이 진정으로 배우는 삶의 교과서다. 이분이 계시기에, 이 학교를 자랑스럽게 여긴다. 그리고 다짐하게 된다. 누군가의 품으로 남는 사람이 되어야겠다고.

그렇게 우리가 품을 이어 갈 때, 학교는 지식을 쌓는 공간이 아니라 사람이 자라는 공간이 된다.

3

모두 스승이어야 할 때

교육을 다시 돌아보게 된다. 한 아이가 어떻게 자라고, 어떤 길을 선택하는지는 결코 교실 안에서의 수업만으로 결정되지 않는다는 것을. 아이들은 '가르치는 대로'가 아니라 '보이는 대로' 배우기 때문이다.

수많은 교육이론과 정책을 다뤄왔지만, 그 모든 것의 바탕에는 가정이란 교실이 존재한다. 증조부의 붓끝, 조부의 서당 훈장, 아버지의 손 굳은 노동, 어머니의 묵묵한 뒷모습. 책상이 아니라 삶의 풍경 속에서 첫 가르침을 받았다. 그 가르침은 소리 내어 가르친 것이 아니었다. 입으로 외우게 한 것이 아니라 몸으로 보여 준 삶이었다. 바로 말보다 실천이었다.

천안의 C 여중에서 근무하던 시절이다. 당시 3~4년 선배 교사 한 분이 계셨는데, 필자보다 1년 늦게 부임하셨고 자녀도 이 학교에 함께 다니고 있었다. 어느 비 오는 날 아침, 먼발치에서 그분의 차에서 학생이 내리는 모습이 보였다. 그 차량은 분명 교직원의 차량이었지만, 학교 정문 먼발치에서 조용히 아이를 내려 주고 그는 학교로 들어왔다. 그 모습은 날마다 똑같았다. 눈이 오든, 비가 오든 그는 자녀를 '특별하게' 만들지 않았다.

당시 학교 정문은 구조상 위험 요소가 많았고, 우리는 학부모들에게 여러 번 가정통신문을 보내며 교문 앞 하차는 물론 차량 진입 자제를 부탁하고 있었다. 그 선배 교사의 작은 배려와 실천은 곧 동료 교사들에게 퍼졌고, 결국엔 학부모 차량의 흐름을 바꾸는 작은 문화로 번졌다. 그는 말없이 가장 큰 교육을 가르쳐 준 스승이었다.

교육장으로 근무할 때 가정의 교육 기능을 회복하고자 5월 가정의 달을 맞아 '수다 떨기 10분 운동'을 펼쳤다. 여러 가지 이유로 가정에서 부모와 자식 간의 대화 시간이 줄고 있다. 아니, 사라지고 있다고 해야 맞을 것 같다. 오랜 교직 경험에 의하면, 가정에서 화목한 학생은 학교생활에 아무런 문제 없이 좋은 결과로 이어짐을 경험한 바 있다. 가정의 교육 기능이 살아나야 한다.

때를 같이 하여 수다 떨기 10분 운동에 학부모회협의회, 운영위원장협의회에서 적극적으로 협력해 주었고, 시청에서도 옥외 광고는 물론 각 가정과 직결되는 엘리베이터 광고 등으로 이 운동을 펼치는 데 힘을 실어 줬다. 작은 캠페인이었지만 큰 울림을 준 경험이었다. 이렇듯 가정과 학교, 지역이 함께할 때 교육은 그 본연의 기능을 회복할 수 있다.

해외에서도 가정의 교육 기능 회복을 위한 다양한 정책이 추진되고 있다. 핀란드는 '가족 저녁 시간'을 제도화해 매주 일정 시간은 가족과 함께 보내는 문화를 조성하고 있으며, 학교에서도 숙제를 줄이고 부모와 자녀가 함께 활동할 수 있도록 유도하고 있다. 일본은 '오야코노 히(親子の日)'를 운영해 매년 7월 넷째 주 일요일을 부모와 자녀가 함께 시간을 보내는 날로 정해 미디어, 기업, 지방정부가 공동으로 참여하는 사회적 캠페인을 벌인다. 덴마크는 아예 가정교육지원센터를 통해 부모 교육을 체계화하고 있으며, 아이의 성장 과정에서 부모가 어떤 역할을 해야 하는지 사례 중심으로 교육하는 시스템을 운영 중이다.

교육제도는 정교하고 체계적으로 발전하고 있지만, 아이들의 내면은 더욱 불안정해지고 있다. 우리는 너무 자주 교실에서 아이들의 '태도'를 이야기하지만, 그 아이들은 어른의 뒷모습, 말투, 약자를 대하는 눈빛, 그 모든 것을 배우고 있다. 아이들에게 '말'보다 더 큰 교과서는 '어른의 삶' 그 자체인 것이다.

가정이 먼저 스승이 되어야 한다. 한 끼를 같이 먹고 하루 10분을 대화하며, 자녀 앞에서 삶의 방향을 함께 고민하는 시간이 필요하다. 학교는 그다음이다. 기초학력, 기초체력, 기본생활습관이라는 세 가지 '기초'는 결코 프로그램으로만 길러지지 않는다. 그것은 가르치려 하기 전에 '살아내는 사람' 곁에서 자연스레 스며드는 것이다.

우리의 언행 하나, 행동 하나가 아이들 마음에 작은 씨앗으로 심기고, 시간이 지나 그들 삶의 기준이 되고 인격이 되는 것이다. 교육심리학자 반두라는 "사람은 관찰을 통해 학습하며, 가장 강력한 학습은 모방을 통해 이루어진다."고 말했다. 우리가 말하는 '기본', '예절', '품성' 같은 단어들은 가르친다고 길러지지 않는다. 삶으로 보여야 한다. 그리고 그 삶은 가정에서 시작되고, 학교에서 확장되며, 사회에서 완성된다.

지금 우리가 해야 할 교육은 우리 교사들의 삶이 살아 있는 교과서가 되길 바란다. 행동하는 그 한걸음이 아이들을 진심으로 이끄는 교육의 시작이다.

4
추억과 시대를 입다

현장에 나와 보니 교복을 바라보는 시선은 생각보다 다양했다. 교복 착용의 필요성에 대한 의견이 분분한 상황 속에서 '교복이란 무엇인가'에 대해 다시금 고민하게 되었다.

필자가 학교 다니던 시절, 교복은 단순히 학생이 입는 옷이 아니었다. 그것은 학창 시절을 상징하는 표식이자, 때로는 집안 형편을 비추는 거울이기도 했다. 새 교복을 입고 등교하는 친구들이 부럽기도 했지만, 대부분의 학생은 물려받은 교복을 입었다. 어깨가 조금 크거나 바짓단이 닳아 있어도 전혀 부끄럽지 않았다. 그 시절 교복은 교실 안팎에서 나를 규정하고 또래들과 나를 구분하는 하나의 얼굴이었다.

고등학교에 진학한 후에도 사정은 달라지지 않았다. 교복 외에 '또 하나의 교복'이 생겼는데 그것이 바로 교련복이었다. 주말이나 방학에 외출할 때조차 교복이나 교련복을 입는 것은 너무도 당연한 일이었고 학생이 외출복을 따로 마련하는 경우는 드물었다.

그런 와중에 특별한 기억이 하나 있다. 필자가 다니던 고등학교의 여름 하복은 일반적인 교복과는 조금 달랐다. 카키색의 세련된 디자인이었다. 처음으로 '새 교복'을 입는 호사를 누렸던 그 순간의 기분이 아직도 생생하다. 어릴 적부터 물려 입는 것이 익숙했던 필자에게 그 하복은 '나만의 옷'을 갖게 된 것 같았고, 작은 자존감 하나가 조용히 마음속에서 피어오르던 순간이었다.

교복의 역사는 일제강점기로 올라간다. 남학생 교복은 일본 육군 군복을, 여학생 교복은 해군 제복을 본떠 만들어졌다. 단순히 학생복을 넘어 '규율과 복종'을 각인시키는 장치였으며, 초등학교에서 대학에 이르기까지 모든 학생이 교복을 입어야 했다. 해방 이후에도 교복 제도는 쉽게 사라지지 않았다.

특히 군사정권 시절에는 학생 통제와 생활교육 지도라는 명목 아래 교복 착용이 더욱 강조되었다. 머리카락 길이, 양말색, 교복 단추 개수까지 세세한 규정이 있었고, 이를 어기면 복도에 세워져 혼이 났다. 학문을 위한 옷이어야 할 교복은 어느새 질서와 복종을 강요하는 상징이 되어 있었다.

1980년대 전두환 정권 시절, 교복 자율화와 두발 자유화 조치가 전격 시행되었다. 겉으로 보기에는 학생의 자유와 개성을 존중하는 획기적인 변화였지만, 얼마 지나지 않아 학생 일탈이 늘고 생활교육에 어려움이 있다는 목소리가 커졌다. 사회적 논란이 거세지자, 많은 학교에서 교복이 부활했다. 다만 과거처럼 획일적인 디자인이 아닌, 학교마다 개성을 살린 형태로 변화를 주었다. 이로써 교복의 의미는 조금 달라졌다. 예전에는 철저히 '통제와 획일성'의 표식이었다면, 이후에는 '학교의 정체성과 소속감'을 나타내는 수단으로서의 성격이 강해졌다. 그러나 여전히 학생의 일상과 자유를 제한하는 상징이라는 본질은 크게 변하지 않았다.

그렇다고 교복이 언제나 부정적인 의미만을 품고 있는 것은 아니다. 함께 근무했던 한 과학 선생님을 지금도 잊지 못한다. 남성 교사로서 학생부장을 맡으셨던 그분은 재봉틀로 아이들의 교복을 손수 수선해 주셨다. 찢어진 바지를 꿰매고 키가 자란 학생의 교복 길이를 조절해 주며, 말없이 아이들의 곁을 지키셨다. 교복이 단속의 대상이 아니라, 아이들을 돌보는 수단이 될 수 있다는 것을 온몸으로 보여 주신 분이었다. 그 따뜻한 실천은 언론을 통해 알려졌고 전국적으로도 많은 사람들의 마음을 움직였다. 그분의 삶은 교복이 억압이 아니라 배려와 애정의 통로가 될 수 있다는 걸 증명하는 아름다운 미담이었다.

교복의 문제는 단순히 불편함이나 촌스러운 디자인에만 있지 않다. 청소년기는 자기표현 욕구가 가장 강한 시기인데, 교복은 색상과 형태, 액세서리 사용까지 규제하며 그 욕구를 억누른다. 학생이 옷차림을 통해 자신을 드러낼 기회를 빼앗기고, 개성은 서서히 숨죽게 된다. 과거에는 '교복이 품행을 바르게 한다.'라는 믿음이 있었지만, 교복을 입지 않는 초등학생이나 대학생, 혹은 과학·예술·영재 학교 학생들이 훌륭하게 생활하는 모습을 보면 그 믿음이 얼마나 근거 없는지 알 수 있다. 생활교육이라는 이유로 교복 착용을 강제하는 논리는 더 이상 설득력을 얻기 어렵다.

오히려 교복 착용은 교사와 학생 모두의 에너지를 불필요하게 소모하기도 한다. 교사는 교복 변형이나 불량 착용을 단속하느라 시간을 쓰고, 학생은 단속을 피하거나 개성을 살리기 위해 교복을 변형하느라 신경을 곤두세운다. 정작 수업과 학습에 집중해야 할 시간과 에너지가 '교복 전쟁'에 낭비되는 셈이다.

경제적 부담 또한 크다. 브랜드화된 교복 시장에서 학부모들은 비싼 가격에도 어쩔 수 없이 구입해야 하며, 과거처럼 물려입기가 보편적이던 시절과 달리, 특정 학교 전용 디자인으로 제작되어 재사용이 어렵다. 교육청이 입학 시 교복을 지원해 주더라도, 급격히 성장하는 청소년 시기에 한 벌로 3년을 버티기는 현실적으로 불가능하다.

교복이 꼭 필요하다면, 그것은 단순한 생활교육 도구가 아니라 활동성과 안전성을 고려한 '학습과 생활을 위한 활동복'으로 다시 생각해 볼 필요가 있다. 기후 변화와 학생들의 활동량을 반영하고, 다양한 체형을 고려한 기능성 소재로 제작된다면 더욱 바람직할 것이다.

필자의 학교는 전통적인 교복 대신 학생들이 선호하는 후드 스타일의 일상복 디자인을 도입하고 교복 착용을 의무화하지 않았다. 원하는 학생은 자유복을 입을 수 있도록 선택권을 부여했다. 일부 학부모가 "교복을 사 놓고 입지 않는 것이 아깝다."라며 교복 입는 날을 만들자는 의견을 냈지만, 아이들 의견은 달랐다. 학생회의 논의를 거쳐 강제하지 않고 자율에 맡기기로 했다. 학생들은 만족했고 불필요한 갈등도 줄어들었다.

2026년부터 교복 지원이 현물에서 현금 지급 방식으로 전환된다는 소식에 기대를 걸었지만, 내면을 들여다보면 여전히 큰 변화가 없다는 점에서 실망감이 컸다. 충남체고 교장으로 재직할 당시 그 학교는 운동복이 사실상 교복 역할을 했지만, 규정상 교복으로 인정되지 않았다. 여러 번의 설득 과정을 거쳐 원하는 결과를 얻어낸 경험이 있다. 조금만 생각을 달리하면 보이지 않던 가능성이 열리는 법이다.

교복 지원 방법은 현장의 의견을 반영하여 개선해야 한다. 신입생 입학 지원금과 통합해 교육복지 사업으로 접근하는 방법도 괜찮을 것 같다. 입지도 않으면서 사 놓을 수밖에 없는 구조를 개선하고, 처음부터 자율복을 선택할 수 있게 하는 것이 현실적이고 효율적인 방법이다. 그렇게 하면 학생들은 자신에게 맞는 옷을 선택할 수 있고, 불필요한 낭비도 줄일 수 있다. 시대는 변하고 세월은 흐른다. 정책이 흐름을 따라가지 못한다면, 최소한 뒤처지지는 말아야 한다.

교복은 분명 한 시대를 상징하는 옷이다. 필자의 학창 시절 그것은 형에게 물려받은 교복과 교련복, 주말 외출복이자 동네 친구들과 웃고 떠든 추억의 옷이었다. 그러나 이제 시대는 변했다. 과거 교복이 지녔던 '질서'와 '통제'의 가치는 더 이상 절대적이지 않다.

오늘날 아이들에게 필요한 것은 억압 속에서 조용히 자라는 것이 아니라 자유 속에서 책임을 배우고 자기표현을 통해 성숙해지는 것이다. 미래 세대를 위해 어른들이 해야 할 일은 단순히 교복을 입히고 단속하는 것이 아니라 그들이 스스로 선택하고 표현하며 사회 속에서 자신만의 자리를 찾아갈 수 있도록 돕는 것이다.

교복은 그 여정에서 도움을 줄 수도, 걸림돌이 될 수도 있다. 결국 문제는 우리가 그 옷에 어떤 의미를 담아내느냐에 달려 있다.

5
가능성을 부르는 일

누구나 살다 보면 넘어지기도 하고 멈추기도 한다. 그것이 사춘기든 성인이든 '나는 어디로 가야 하는가?'와 같은 근본적인 질문과 마주하게 된다. 특히 아이들에게는 이 질문이 훨씬 더 예리하고 무겁게 다가온다. 마치 지금의 선택이 평생을 결정짓는 것처럼 느껴지기 때문이다.

고등학교 시절 색약 판정을 받으며 이과 진학의 꿈을 접어야 했다. 그 순간의 막막함과 두려움, 부모님의 깊은 걱정 그리고 미래에 대한 불확실성은 지금도 생생하다. 그러나 그 어둠 속에서 만난 한 체육 선생님은 새로운 희망을 심어 주었고, 결국 삶의 물줄기를 바꾸는 결정적인 힘이 되었다.

진로란 고정된 답이 있는 문제가 아니다. 길을 잃을 수도, 실패할 수도 있다. 하지만 진심으로 곁에 있어 주는 단 한 사람의 말과 눈빛이 인생의 전환점이 된다. 교사는 바로 그 '한 사람'이 되어야 한다. 지식을 전달하는 사람 이전에 가능성을 비추는 거울이자 조용히 곁을 지켜 주는 동반자가 되어야 한다.

이런 철학은 교육 현장 전반을 관통해야 한다. 신체적 조건이나 가정환경, 학습 결손 등 다양한 이유로 기울어진 운동장에서 출발하는 이들이 많다. 교육은 그들의 운동장을 평평하게 만들고, 누구나 공정한 출발선에 설 수 있도록 하는 일이 되어야 한다.

도교육청 체육건강과장으로 근무하던 시절, 아토피나 천식 등 만성 질환으로 고통받는 아이들을 위해 '건강학교' 설립을 추진했다. 충남 서북부 지역에 있는 이 학교는 아이들이 안정적인 환경에서 건강과 학습을 함께 관리할 수 있도록 기획하였으며, 실제로 지역 내외에서 큰 반향을 일으켰다.

같은 맥락으로 마지막 학교에 교장으로 부임해서, 학생들이 하루 대부분을 보내는 교실을 남향으로 재배치하는 사업도 1년간 추진했다. 일조량과 조망은 청소년기의 정신건강에 결정적인 요소이며, 이는 WHO에서도 강조한 바 있다.

또한, 학력 격차를 해소하기 위한 프로그램인 '야너두반'을 운영했다. 기초학력이 부족한 학생들을 위한 이 맞춤형 수업은 정규 수업 이후 진행되며, 소규모 운영으로 집중도와 효과성을 높였다. 더불어 '도움반' 학급을 증설하고 교실 위치를 동선이 편리한 곳으로 재배치해 접근성과 학습 환경을 동시에 개선했다.

사회적 배려가 필요한 학생들을 위한 시스템도 구축했다. 지역 독지가의 도움을 받아 가정형편이 어려운 학생들에게 장학금을 지원했고, 특히 우리말이 서투른 중도입국 학생들을 위한 특별한 '오로라' 반을 만들었다. 이 반은 필자를 포함한 5인의 교사가 5명의 학생과 결연하고, 한글 교육과 생활교육을 밀착 지원하는 형태로, 태블릿 PC와 소리펜 등의 디지털 학습 기기를 우선 지급했다. 교육청의 한국어 교육 프로그램도 연계하여 낯선 교육환경에 빠르게 적응할 수 있도록 했다.

이들을 위한 제도적 보완을 제언해 본다. 중도입국 학생의 학적은 기존 주소지에 유지하되, 일정 수준의 실력을 갖출 때까지 별도 교육기관에서 집중 교육을 받은 후 본교로 배치하는 '전이 교육 시스템'이 필요하다. 교육청 단위의 한국어 능력 시험을 시행하여 일정 기준을 통과한 학생만 일반학급으로 편입하는 방식도 검토되어야 한다. 나아가 국가 차원에서는 이민자 입국 시 한국어 소통이 가능한 가족 구성원을 필수 조건으로 설정해 교육 현장의 혼란을 줄여야 한다.

이러한 공공의 정책적 노력과 함께 민간 차원의 실천도 중요하다. 필자의 형님은 천안 아산 지역에서 경찰관으로 정년퇴직한 후, 학력 격차와 품성 격차를 해소하고자 대안학교를 운영하고 있다. 대상은 대부분 보호관찰 중이거나 기존 학교생활에 적응하지 못한 청소년들이다. 형님은 매일 아이들에게 "괜찮아, 넌 다시 시작할 수 있어"라고 말하며, 그들의 자존감과 가능성을 일깨워 준다. 이 대안학교는 지금도 매년 20여 명의 학생들을 대학과 사회로 이끌고 있다. 이는 교육이 단지 성적이나 진학률이 아니라, 인간에 대한 믿음과 기다림에서 시작된다는 사실을 증명한다.

핀란드의 개별화 교육계획(IEP), 캐나다의 학력평가 시스템(EQAO) 그리고 마이클 풀란이 제안한 '책임 기반의 학교개혁' 모델은 모두 '학생 중심'이라는 공통된 핵심을 지닌다. 특히 마이클 풀란은 "학교개혁의 성공은 교사와 학생 간의 신뢰에 달려 있다."라고 강조했다. 이는 결국 교사의 말 한마디, 눈빛 하나가 아이의 가능성을 바꿀 수 있다는 철학으로 귀결된다.

여전히 기억한다. 체육 선생님의 에너지를. 진로를 바꾸었고, 오늘의 필자를 만들었다. 그래서 지금도 방황하는 학생들을 보면 그들에게 조용히 말한다. "너는 할 수 있어." 어쩌면 그것이 교사가 아이에게 줄 수 있는 가장 위대한 선물일지도 모른다.

이제 우리는 그 말을 더 자주, 더 진심으로 전해야 할 때다. 아이들이 넘어지더라도 다시 일어나 자기만의 길을 찾고, 언젠가 자신만의 방식으로 세상을 바꿔 나갈 그날을 위해. 그리고 그 아이들이 기억하고 말할 수 있도록.

"그 시절, 내 곁엔 나를 믿어 준 선생님이 있었다."

6

길은 만들어 가는 것

교육은 본디 '과정'의 예술이다. 정답을 빨리 말하는 것이 아니라, 자기만의 방식으로 삶을 이해하고 의미를 만들어 가는 시간. 누군가는 운동장에서, 누군가는 악기 앞에서, 또 다른 누군가는 갈등과 화해의 복잡한 순간 속에서 스스로 발견한다. 아이들이 저마다의 방식으로 삶을 배워 가듯, 교사도 끊임없이 길을 만든다.

한 청년이 국립사범대학교 체육교육과에 입학했다. 그는 입학의 기쁨도 잠시, 현실의 벽 앞에 서게 된다. 열악한 교육환경, 기대와는 다른 수업 분위기. 그 안에서 그는 조용히 자신에게 묻는다. '여기서 나는 무엇을 할 수 있을까?' 그리고 그는 피하지 않았다. 돌아서지도 않았다. 그는 그룹사운드를 결성하고 진심을 담아 악기를 연주하고 친구들과 소통하고 스스로 갈등을 조율하며 성장했다. 그 시간은 누구의 지시도, 평가 기준도 없었다. 하지만 돌이켜 보면, 그것이야말로 그를 '진짜 교사'로 만든 교육의 근본이었다.

오늘날의 교육 현실은 복잡하고도 불안하다. 성적과 스펙 중심의 경쟁 구조 속에서 아이들은 자신이 누구인지, 무엇을 좋아하는지도 모른 채 흘러간다. 교육이라는 단어가 공정한 기회의 상징이 아니라, 피로한 경쟁의 다른 이름처럼 여겨지기도 한다.

하지만 믿는다. 교육은 여전히 한 사람의 마음을 바꿀 힘을 가지고 있다. 그 힘은 교과서에 있지 않다. 함께 노래했던 순간, 믿어 주던 눈빛, 무대 위에서 흘린 땀방울 같은 작은 경험들이야말로 아이들의 마음에 '나도 할 수 있다.'라는 믿음을 심어 준다. 그것이 바로 교육심리학자 알버트 반두라가 말했던 '자기 효능감'의 시작이다.

그 믿음으로 현장을 걸어왔다. 교감 시절에는 오케스트라를 창단했고, 교육청에서는 '학교 가는 길 음악봉사단'을 조직했다. 교장으로 있으면서도 악기 연주로 아이들과 소통하려 노력했고, 예술 업무 장학사 시절에는 '1인 1악기 운동', '1인 1재능 갖기 운동'을 추진했다. 교육장 시절에는 '잠자는 악기 나누기 운동'으로 지역 자원을 교육으로 끌어들이려 했다.

이 모든 활동의 본질은 명확했다. 아이들에게 자기 자신을 표현하고 발견할 기회를 주자는 것. 동아리는 그 자체로 아이들에게 '나는 할 수 있다.'라는 힘을 주고, 자존감을 키워 주며, 삶의 에너지를 충전해 주는 중요한 통로였다.

현장으로 다시 복귀하면서 학교에서 운영하는 교육과정에 매료되었다. 바로 '학생 주도의 날'에 실시한 '합창경연대회'가 가장 기억에 남는다. 기말고사 이후 어수선한 분위기 속에서, 반별로 힘을 모아 곡을 고르고, 안무를 만들고, 화음을 연습하는 과정은 그 자체로 공동체 학습이자 프로젝트형 수업이었다.

지난해 한 번의 경험으로 올해 경연은 훨씬 성숙해졌다. 무대에 오른 아이들의 몰입도, 서로를 응원하는 반 친구들의 함성, 그리고 그 분위기 속에서 진심을 다해 노래하는 아이들의 모습은 가슴을 울렸다. 그중 한 학생은 평소엔 은둔형으로 분류됐던 친구였는데, 무대에서 누구보다 눈에 띄는 존재로 빛났다. 그 순간은 아마도 그 아이의 삶에 있어 '용기의 결정적 장면'이 되었을 것이다.

우리는 종종 교육의 성과를 수치로만 판단한다. 그러나 필자가 본 교육은, 아이 하나가 무대에서 목소리를 내고, 자신이 인정받는 순간 속에 있었다. 어떤 아이에게는 잊지 못할 추억으로, 또 다른 아이에게는 음악적 재능을 발견하는 계기로, 또 어떤 아이에게는 자존감을 회복하는 전환점으로 작용했다. 그 모든 가능성은 무대 위의 단 한 곡에서 피어났다. 그것이 진짜 교육의 장이라고 믿는다.

이러한 믿음 아래 e스포츠 대회, 릴스 대회, 참여형 연극과 뮤지컬, 일본 역사 문화 탐방, 평화통일 골든벨, 빛깔 있는 방학식, 독도의 날 전교생 플래시몹 연출 같은 특별한 교육활동을 꾸준히 시도해 왔다. 매주 다른 주제로 등교 맞이를 진행하고, 연간 필독 도서를 선정하고, 독서 축제를 여는 등의 시도도 학교가 단순한 공간이 아닌 '삶을 배우는 무대'가 되기 위한 노력의 일환이었다.

버스킹 활동은 그중에서도 가장 특별했다. 자신만의 이야기를 멜로디에 담아 부르는 아이들, 그 노래를 들으며 눈시울을 붉히는 친구들. 누군가는 음 이탈을 해도 괜찮았다. 그 무대에 서는 것 자체가 용기였고, 그 모습이 바로 아이들에게 필요한 배움의 장이었다. 이 경험이 누군가에게는 음악이라는 진로의 시작점이 될 수도 있다. 누구에게나 무대는 열려 있어야 한다. 아이들의 재능과 끼가 어디에서 발현될지 아무도 모른다. 그러니 더 많은 기회를, 더 많은 경험을 주어야 한다.

길은 누구도 대신 내주지 않는다. 그것은 스스로 걸어가며 만들어야 하는 것. 하지만 누군가 손을 잡아 주고, 자신을 믿어 준다면 그 길을 훨씬 힘차게 열 수 있다. 교사의 역할은 바로 그 믿음의 손을 내미는 것이다.

7

어디든 배움이 있다

한 사람이 살아온 시간이 그 자체로 한 사회의 기억이 된다. 학교든, 군대든, 거리든, 심지어 실패의 한복판에서도, 배움은 언제나 거기 있었다. 1980년대, 청춘의 한복판에서 누군가는 시대의 폭력에 침묵했고, 불공정한 제도 앞에 꿈을 미루었다. 하지만 그 시절 젊은이는 배웠다. '정답'보다 '정의'가 중요하다는 것을.

강직성 척추염이라는 알 수 없는 통증을 견디며, 늦은 나이의 입대, 불공정한 선거와의 조우, 그리고 행정병으로서의 성실한 기록 속에서 인내와 공동체, 그리고 '지켜야 할 것들'을 익혔다. 그 모든 시간은 교과서에는 없지만 교단 위에서 가장 자주 꺼내게 되는 자산이었다.

필자가 존경하는 교직 선배는, 가정형편 때문에 고등학교 졸업 후 9급 공무원으로 일하며 '교사의 꿈'을 가슴에 묻고 살던 분이다. 그러다 모아 둔 학비로 다시 사범대학에 진학해, 무려 6년이란 차이를 딛고 교단에 입문했다.

그분의 수업에는 정제된 철학이 있었고, 아이를 보는 눈빛엔 '진심'이 있었다. 자주 묻곤 했다. "이 내공은 도대체 어디서 나온 것일까?" 우리는 안다. 그분이 거쳐 온 삶의 고비, 절망 속에서도 꺼지지 않은 사명감 그 모든 시간이 그를 '진짜 스승'으로 빚어낸 것임을.

이런 분들은 분명히 다르다. 교직에 있으면서 느낀 건, 임용고사 제도 이전 세대 교사들과 이후 세대 교사들 간의 교사관 차이였다. 이전 세대의 교사들은 대학 4년 동안 무의식적으로 예비 교사의 정체성을 품고 살았다. 학내 실습, 과 동아리, 교육봉사… "나는 교사가 된다."라는 말이 그들의 대학 시절 전체를 관통하는 신념이었기 때문이다.

하지만 임용제도 이후, 많은 이들이 '안 되면 다른 길을 가야지'라는 전제로 '시험 준비'에 몰두하며 대학을 보냈다. 교사가 될 수 있다는 확신과, 되지 않을 수 있다는 불안이 교사관의 깊이를 갈랐다. 그 차이를 현장에서 너무도 명확히 느꼈다.

신규 교사일수록 경험이 풍부한 교사 곁에 있어야 한다. 실패해 본 사람, 돌아온 사람, 때를 놓치고도 꿈을 놓지 않은 사람. 그들의 이야기는 아이들에게 '가능성의 지도'가 되고, 동료 교사에게는 '버팀목'이 된다.

언제부턴가 우리 사회는 교사에게만 '젊고 유능한'이라는 수식어를 강요하기 시작했다. 경험이 쌓일수록 더 깊은 신뢰를 얻는 의사나 목사와는 달리, 교사는 나이가 많아질수록 오히려 그 신뢰에서 멀어지는 모순된 시선 속에 살아간다.

최근에 경륜과 품격을 갖춘 선배 교사들이 스스로 명예퇴직을 택하는 일이 반복되고 있다. 그들의 인생 경험과 교육철학은 지역사회를 이끄는 마을 도서관 그 이상인데, 우리는 그 귀한 자산을 너무 쉽게 놓치고 있다.

교육의 본질은 나이에서 우러나는 경륜이다. 지식이 아니라 사람이다. 그리고 스승이란, 더디지만 단단하게 살아온 경험에서 만들어진다. 학생도, 교사도 마찬가지다. 삶의 경험이 풍부한 사람에게는 넘어져도 다시 일어나는 방법이 있다. 그런 사람이 곁에 있을 때, 누구든 '자기만의 길'을 믿고 걸어갈 수 있다. 교단은 '젊음'으로 채워야 할 자리가 아니라, 삶의 이야기가 쌓여야 하는 자리다. 우리는 이제 다시 물어야 한다. "아이들에게 필요한 스승은 누구인가?" 어쩌면, 정년을 앞두고 있는 그 교사가 아이들에게 가장 필요한 사람이었을지도 모른다.

가끔 선생님들께서 생활교육이 어려운 학생에 대하여 하소연할 때가 있다. 그럴 때마다 말한다. "조금만 참고 기다려 보자." 어른이 돼서 되돌아보니, 학교 다닐 때 이리저리 방황하고 품행이 바르지 못했던 학생들이 오히려 어른이 되면서 철이 들고,

사회생활도 잘하며, 문제해결력은 물론 특유의 친화력으로 사업도 성공하고 주변에서 인정받는 경우를 너무도 많이 보았다.

동창회나 향우회처럼 결속력을 요구하는 모임에도 그런 친구들이 참석률도 높고 그 안에서 활약도 돋보이며, 고향을 지키고 효심이 지극한 어른으로 성장하는 경우도 흔하다. 그렇기에 우리는 먼저 포기하지 말고 인내심을 갖고 기다려야 한다. 그리고 그 아이가 단순한 일탈이 아니라 다양한 경험을 통해 인생을 배울 수 있도록 기회를 줘야 한다.

지금도 말한다. 수업 시간에 힘든 학생이 있으면 교장실로 보내 달라고. 그 아이들과 세상 사는 이야기를 나누다 보면 마치 어른이 다 된 듯한 눈빛을 보게 된다. 교육은 결국 기다림이다. 그 기다림 속에서 아이는 비로소 자기만의 방식으로 성장하고 교사는 묵묵히 그 곁을 지키는 것이다.

경험이 없는 이론보다, 한 번의 실천이 더 많은 것을 가르쳐 준다. 그래서 말하고 싶다. 배움은 어디에나 있다. 다만, 그 배움을 가치로 바꿀 줄 아는 사람, 그것을 사람에게 연결할 줄 아는 사람, 그런 사람이 교육의 진짜 주인공이다. 우리는 그런 사람이 되어야 한다.

8

흔들려도 진심이면 된다

교육이란 무엇일까. 교과서 속 지식을 전달하는 일, 인성을 기르고 미래 사회의 일원이 되게 하는 것. 맞는 말이다. 하지만 그것이 전부는 아니다. 교육은 아이의 이름을 불러 주고 존재를 인정하며 실수를 품어 주는 일이다. 그것은 단지 기술이나 시스템의 문제가 아니라 사람과 사람 사이에서 일어나는 관계의 기적이다.

필자의 교직 생활은 시작부터 평탄하지 않았다. 단 하루 차이로 발령에서 누락 되었고 서류와 행정의 벽 앞에서 무력감을 느껴야 했다. 더욱이 낯선 지역에서 교직을 시작했고 모든 것이 처음이었지만, 아이들과 함께 부딪히며 성장해 갔다. 그 시절 태권도부를 지도했다. 매일 이루어지는 고된 훈련 속에서도 아이들은 마음을 열었고, 필자 역시 그들을 동생처럼 아꼈다.

그중 유난히 기억에 남는 한 아이가 있었다. 특별나지 않았지만, 정의롭고 올곧은 아이. 늘 친구들에게 둘러싸여 있었고 따뜻한 마음씨를 가진 아이였다. 그는 고등학교에 진학한 뒤 분노를 조절하지 못해 큰 사건에 휘말렸고, 결국 중학교 졸업장이 유일한 학력으로 남게 되었다.

이후 그 아이의 삶은 평탄하지 않았다. 배움도 짧고 가진 것도 없는 상황에서 인생의 가장 밑바닥이라 할 수 있는 일들을 하며 하루하루를 버텨야 했다. 하지만 포기하지 않았다. 고진감래의 말처럼 조금씩 형편이 나아졌고 삶의 자리를 잡아 갔다.

그러던 어느 날, 교육청의 '스승 찾기' 담당자로부터 연락을 받았다. 낯설면서도 벅찼다.

그 아이였다. "선생님, 힘들 때마다 선생님 생각하면서 버텼어요." 그 한마디에 눈물이 왈칵 쏟아질 뻔했다. 그 후, 77년생 제자 모임이 그 제자의 주도로 이루어졌고, 오랜만에 많은 제자들과 재회하는 시간을 가졌다. 그 제자가 결혼할 때, 주례로 초청했고 벅찬 마음으로 그 자리에 섰다. 지금 그 제자는 지역에서 제법 이름 있는 사업가가 되었고 아름다운 가정을 이루며 살고 있다. 우리는 이제 친구 같은 제자와 스승으로 함께 나이 들어 간다.

얼마 전 우리 지역에는 200년 만의 '극한 폭우'라 불리는 자연재해가 발생했다. 이틀 동안 500mm가 넘는 기록적인 폭우가 쏟아졌고, 관내 학교는 모두 휴교 조치가 내려졌다. 그때 가장 먼저 안부를 물은 사람은 다름 아닌 77년생 바로 그 제자였다. 이십 대에 만난 인연이 육십이 넘어서도 공감할 수 있다는 사실이, 그리고 그가 여전히 걱정을 잊지 않고 있다는 것이 얼마나 고맙고 벅찼는지 모른다.

그와의 깊은 인연을 다시금 떠올리며, 최근 우리 학교에 새로 부임한 세 분의 신규 교사와 저녁 식사를 함께하는 자리를 마련했다. 발령 100일을 기념하는 자리였다. 그들에게 조심스럽게 당부했다. "초임지에서의 추억은 평생 갑니다. 하고 싶은 교육이 있다면, 지금 마음껏 펼쳐 보세요." 그러면서 첫 부임지 이야기를 들려주었다. 화려하지는 않았지만, 후회 없는 시간이었다. 그곳에서 교사로서의 성장통을 앓았고, 마디가 굵어졌고, 아이들과 함께한 그 시간이 지금의 필자를 만든 자양분이 되었다. 지금은 바이크 동호회 활동을 하면서 그곳을 투어 코스로 추천할 만큼, 다시금 돌아보고 싶은 애틋한 장소가 되었다.

지금도 생각한다. '이럴 줄 알았으면 더 잘할걸.' 교직 초임지에서의 실수, 그가 겪은 돌이킬 수 없는 실수. 서로 다른 시간 속에서 우리는 같은 마음의 짐을 지고 있었다. 하지만 이제는 안다. 실수는 존재할 수밖에 없다. 중요한 것은 같은 실수를 반복하지 않는 것, 실수를 통해 더 나은 사람으로 성장하는 것이다.

교육의 본질은 완벽함이 아니다. 실수를 품고 다시 일어서는 법을 가르치는 것이다. 완벽하지 않은 교사였고 완벽하지 않은 학생이었다. 하지만 우리는 서로를 통해 배웠다. 진심은 결국 전해진다는 것을.

그 제자 덕분에 더 어른스러워졌다. 교사라는 직업이 누군가에게 얼마나 큰 울림을 줄 수 있는지, 그 아이가 내게 가르쳐 주었다. 그래서 이 이야기를 자주 한다. 한 사람의 교사가, 한 사람의 인생을 바꿀 수 있다는 것을.

지금도 믿는다. 교육은 시스템이 아니라 사람으로 완성된다는 것을. 그 중심에는 언제나 진심이 있어야 한다는 것을.

9

살 줄 아는 교육

누구나 자신이 몸담았던 기관을 떠올리면, 그곳에 남겨둔 기억과 함께 가슴 한편이 뭉클해진다. 필자 역시 그렇다. 가장 뜨거운 청춘을 바쳤던 장소, 그 어느 때보다 진심을 다해 일했던 곳, 그것은 90년대 초, 3년간 근무했던 야영장이었다. 숲속에서 아이들과 함께 지냈던 그 시간들.

그때 정말 많은 것을 아이들에게 쏟았다. 단순히 야영 수련 활동을 '하나의 프로그램'이 아니라, 인생의 방향을 설계해 주는 살아 있는 교육이라고 믿었다. 그런데 지금은 더 이상 아이들의 웃음소리가 울리지 않는다. 10여 년 전부터 다른 용도로 바뀌어, 이제는 교육 현장의 기능을 완전히 잃어버렸다.

그곳을 지나칠 때면 늘 어쩌다 이렇게까지 되었을까 반문하게 된다. 사회는 점점 더 '안전'을 중시하게 되었고, 교육과정은 유연화되었으며, 수련 활동은 선택사항이 되었다. 여기에 행정 구조도 영향을 미쳤다. 야영이나 레저 활동은 분명 체육교과 영역임에도, 해당 업무가 생활교육이나 인성교육을 맡는 부서로 넘어가면서 체육 교사들의 전문성과 관심이 멀어지게 되었고, 현장에서도 수련 활동은 학년 부장이나 학생부장의 몫으로 전락했다. 자연스럽게 교육의 본질보다는 형식과 책임 회피가 우선되는 현실이 도래한 것이다.

하지만 우리는 안다. 실패가 없으면 회복도 없고 도전이 없으면 성장은 없다. 실제로 선진 외국 사례를 보면, 영국은 모든 초·중·고 학생들이 정기적인 야외교육을 받도록 장려하며, 핀란드는 '야외 교실'을 정규 수업의 일부로 운영한다. 호주와 뉴질랜드에서는 '리더십 캠프'가 교과에 포함되어 있다.

우리나라도 캠핑 인구가 매년 수백만 명 단위로 늘고 있다. 도시의 피로, 정서 불균형, 공동체 해체 이 모든 문제의 해답이, 다시 자연과 연결되는 삶에 있다는 것을 알게 된 것이다.

야영과 수련 활동은 정말 구시대의 유물이 된 것일까? 단호하게 "아니다"라고 말한다. 오히려 지금이야말로, 아이들에게 자연 속에서 살아가는 법을 다시 가르쳐야 할 때다. 디지털 문명과 AI 기반 사회가 아이들을 편리하게 만들고 있는 만큼, 그들은 실수 없는 세상에서 자라고 있다. 교실은 무균실처럼 정돈되어 있고 질문은 이미 인터넷에 있으며, 실패는 '문제'로 처리된다.

하지만 정작 우리 삶의 중심이 되는 회복탄력성, 감정조절, 공동체 의식, 협업 능력은 교과서가 아닌 경험 속에서만 자랄 수 있다. 실제로 지금도 그 시절 함께 했던 한 선생님을 잊지 못한다. 그는 이미 30년 전, 아이들에게 말했다. "여러분이 어른이 되면, 반드시 자연으로 다시 돌아오는 삶이 필요하게 될 거다." 그는 단순한 등산이 아니라, 조별로 협동하고 창의적으로 문제를 해결하는 '추적등산 프로그램'을 만들어 아이들에게 적용했다.

처음엔 융통성 없다는 동료들의 비난도 들었지만, 수련을 마치고 나면 아이들에겐 늘 최고의 프로그램으로 기억되었다. 그 선생님의 교육철학은 당시엔 불편했지만, 시간이 흐르고 나서야 모두가 인정했다. 진짜 교육은 정리된 설명이 아니라 진심과 땀으로 남는 체험이었다.

우리가 잊지 말아야 할 것은 단 하나다. 아이들은 교실에서만 자라는 것이 아니다. 불편하고 낯선 환경 속에서, 스스로 문제를 해결하고 친구들과 갈등을 조정하고 넘어졌다가 다시 일어나는 그 경험 속에서 진짜 '살아갈 힘'을 얻는다. 그리고 이것은 단지 학생만의 이야기가 아니다. 이 모든 것은, 선생님들의 교육 철학과 태도에서 시작된다. 자연 속으로 먼저 나아가고 아이들의 가능성을 믿고 기다려 주는 교사, 형식보다 본질을 붙들고 안전보다 성장을 선택할 줄 아는 교사가 지금 이 시대 교육의 나침반이 되어야 한다.

　사실 '살 줄 아는 교육'을 실천하기 위해 꼭 야영장만 필요한 것은 아니다. 작고 소박한 실천이라도 충분히 가능하다. 실제로 인근 학교에서 진행된 '걸어서 등교하는 날' 운영을 보며 깊은 감동을 받았다. 그 학교는 면 단위에 위치해 교통편이 불편하지만, 아이들과 교육 가족이 함께 약속하고, 하루를 정해 도보로 등교하는 날을 실천했다. 이는 단순히 걷기 운동의 차원을 넘어, 교통의 편리함에 익숙한 우리 사회에 던지는 묵직한 메시지였다. 어쩌면 야외 체험보다 더 접근하기 쉬운 '실천 가능한 교육'의 예가 아닐까.

　그 학교는 걷기 운동 속에 담긴 공동체 의식, 자신의 삶을 주도하는 태도, 불편을 감내하며 함께하는 경험을 더욱 중요하게 여긴 것이다. 물론 이러한 활동도 추진 과정에서 쉽지 않았을 것이다. 그러나 아이들과 함께 그것을 끝까지 실천해 낸 교육 가족의 용기에 진심으로 찬사를 보낸다.

　우리는 다시, 아이들을 바깥으로 데려가야 한다. 햇살 속에서 땀을 흘리며 친구와 부딪히며 그 속에서 살아가는 힘을 길러 줘야 한다. 더 늦기 전에 '살 줄 아는 교육'을 품어야 한다.

10
빛나는 너를 무대 위로

누구나 자신의 열정을 가장 많이 쏟았던 시절을 기억한다. 그 시절, 그 장소, 그 사람들과 함께한 경험은 인생 전체의 풍경을 바꾸기도 한다. 필자에게 그런 기억의 한 장면은 야영장에서 만난 아이들의 눈빛이었다. 자연 속에서 땀을 흘리며 부대끼고, 텐트 안에서 속마음을 나누던 그 아이들은 평범한 교실에서는 볼 수 없던 끼와 재능, 가능성을 품고 있었다.

그 순간 생각했다. 이런 아이들의 가능성을 교실로 다시 데려올 수는 없을까? 그리고 그 물음은 곧 실천이 되었다. 학교로 복귀한 필자는 '축제'라는 이름의 새로운 시도를 준비했다. 학교에 축제가 없었던 시절이었다. 모두가 조용하고 단정하기를 바랐고 아이들이 '튀는 행동'을 하면 교육의 실패로 여겨지던 때였다.

야외에서 사물놀이만 해도 관공서에 신고해야 했고, 학생의 자발성은 오히려 통제의 대상이 되곤 했다. 하지만 포기할 수 없었다. 교장실 문을 수차례 두드리고, 때론 관사로 밤늦게 찾아가 설명을 해드렸다. "축제는 단순한 이벤트가 아니라 교육의 마무리이자 새로운 출발입니다." 그 말을 끝으로 드디어 허락을 받았고 마침내 지역 문화회관에서 '한마당'이 열렸다.

'한마당', 그건 단순한 행사나 장기 자랑이 아니었다. 그것은 아이들이 자신이 누구인지, 무엇을 좋아하고 어디로 가고 싶은지를 스스로 말할 수 있는 무대였다. 교과서에 담기지 않은 자신만의 이야기를 펼쳐 보이고 친구와 함께 그 과정을 나누는 시간이었다. 배움의 수확을 축하하며 그 여정을 돌아보고 확인받는 의식이었다.

처음 그 길을 걷는 건 결코 쉬운 일이 아니었다. 모든 것이 낯설고 불편했고 종종 "괜히 힘든 일 만든다."라는 말도 들었다. 그러나 그 이후로 변화가 시작되었다. 축제는 하나둘 학교의 문화로 자리 잡았고 아이들은 더 적극적으로 학교생활에 몰입했다. 축제를 중심으로 교육과정이 설계되기 시작했고 발표와 나눔은 하나의 '교육적 마무리'로 기능하기 시작했다.

이 첫걸음을 시작으로 이후 근무한 모든 학교마다 '제1회 ○○축제'라는 타이틀을 달고 새로운 문화를 열었다. 진정성 있는 교육을 통해 아이의 존재를 드러내는 축제는 언제나 그 학교의 가장 기억에 남는 장면으로 남았다.

특히 전국체전 개·폐회식 행사 파견근무를 다녀온 뒤, 그 경험을 바탕으로 더 정제된 행사, 세련된 연출, 전문적인 무대 구성으로 축제의 질을 높일 수 있었다. 각 학교의 특색을 살리고 교육과정을 입체적으로 재구성한 무대는 교사와 학생, 학부모 모두에게 감동을 주었다. 무엇보다 아이들 스스로 자랑스럽게 드러낼 수 있는 인생의 장면 하나가 되었다.

교장이 되어서는 충남체고에서 색소폰을 연주하고, 이곳 마지막 학교에서는 베이스기타를 치며 함께 소리를 맞췄다. 물론 하루아침에 되는 일이 아니다. 손끝이 아프고, 아이들 모르게 늦은 밤까지 연습해야만 했다. 하지만 그 무대에 오르기까지의 여정은, 필자를 다시 교육자로 세우는 길이기도 하다. 그리고 그 과정을 통해 아이들과 같은 눈높이에서 함께 꿈꾸고 성장하고 있다는 깊은 기쁨을 느낀다.

필자가 부임한 학교는 공교롭게도 개교 30주년을 맞이했다. 학년 초에 교직원들과 의견을 모아 '제1회 합창제'를 기획하게 되었다. 반신반의하는 시선도 있었지만 행사를 마친 후 아이들의 반짝이는 표정은 많은 사람의 생각을 바꿔 놓았다. 다음 해에는 모두가 한마음으로 제2회 합창제를 추진했고, 학기말 시험이 끝난 후 교실마다 울려 퍼지는 합창 연습 소리는 학교에 활기를 불어넣었다.

교실은 살아 있었고, 아이들의 표정도 생기 넘쳤다. 합창은 단지 목소리를 맞추는 일이 아니었다. 그 안에는 배려와 협력, 책임과 자율 그리고 공동체에 대한 깊은 이해가 자연스럽게 녹아 있었다. 준비 과정에서 갈등도 있었지만, 아이들은 서로의 화음을 조율하며 그 갈등을 풀어 가는 법을 배웠고, 결국 무대 위에서 서로를 존중하고 응원하며 하나의 소리를 만들어 냈다. 합창제가 끝난 뒤, 그들의 사회성과 책임감 그리고 공동체 정신이 한 뼘 더 자라났음을 분명히 느낄 수 있었다. 그만큼 학교도, 아이들도 함께 성장하고 있다. 지금 우리 학교는 매년 두 차례 축제를 열고 있는 셈이다. 이 뜻깊은 행사를 용기 있게, 무리 없이 이끌어 주신 모든 분께 진심 어린 경의를 표한다.

그러나 지금, 많은 학교의 축제는 다시 위축되고 있다. 행정 부담, 안전사고에 대한 우려, 그리고 무엇보다 '시간이 없다.'는 이유로 생략되거나 형식적으로 운영되거나 이벤트 회사에 의존하는 일이 많아졌다. 축제는 여전히 존재하지만, 아이들은 '관객'이 되었고 교사는 '기획자'가 아닌 '관리자'로 역할이 축소되고 있다. 진심이 빠진 무대는 어떤 감동도 남기기 어렵다.

우리는 이제 다시, 축제의 본질을 되묻고 되살려야 한다. 축제란 무엇인가? 왜 학교에 축제가 필요한가? 우선 축제는 '아이의 존재'를 드러내는 시간이다. 단순히 춤과 노래를 보여 주는 자리가 아니라 교과 과정 속에서 배운 내용을 자신의 언어로 표현하고, 친구의 재능을 인정하며, 교사와 학부모 앞에서 '나는 이만큼 성장했어요'라고 말할 수 있는 유일한 무대다. 이런 축제를 경험한 아이는, 세상 속 자신을 한 걸음 더 내디딜 수 있는 용기를 갖는다.

세계 여러 나라들도 축제를 중요한 교육으로 보고 있다. 영국의 '에듀케이션 셀러브레이션 위크'는 교과 성과 발표와 퍼포먼스가 함께 이루어지는 축제이며, 핀란드는 '오픈 러닝 데이'라는 이름으로 학생들이 스스로 기획하고 참여하는 행사를 정례화하고 있다. 일본 또한 '문화제'를 교육과정의 연장으로 규정하고, 학생의 기획력을 성장시키는 계기로 삼고 있다.

우리 역시 그 길을 향해 가야 한다. 학생이 주체가 되어 기획하는 축제, 교과서의 성과를 예술로 드러내는 무대, 지역사회와 연결되는 공동체적 흐름, 모두가 주인공이 되는 따뜻한 학교 문화. 그 모든 시작은 단 한 사람의 용기에서 비롯된다. 야영장에서 보았던 아이들의 가능성을 잊지 않았듯이, 지금 이 시대의 교사들도 각자의 교실 안에서 아이들의 '또 다른 얼굴'을 발견하고 있다. 그 발견을 세상에 드러내는 축제는 더 이상 선택이 아니라 배움의 선물이어야 한다.

올해도 고민 중이다. '이번 축제엔 어떤 무대로 아이들을 만나볼까?' 신규 교사와 원로 교사의 조합으로 도전해 볼까? 그 고민의 시간마저도 즐겁다. 왜냐하면, 그것이 바로 필자의 '교육과정'이기 때문이다. 우리는 아이들과 함께 어울려 살아가는 법을 배워야 한다. 축제는 바로 그 연습의 장이며, 사람과 사람이 연결되는 유일한 배움의 완성이다. 이제, 우리는 다시 축제를 시작해야 한다. 아이의 이름을 부르고 그 존재를 인정하고 함께 웃을 수 있는 교육을 위해. 그리고 그 무대 위에서 다시 외칠 수 있도록.

"너는 소중하고, 너는 가능성으로 충분히 빛나고 있다."

11

교실의 무게, 담임의 온도

1990년대, 대한민국의 교실은 말 그대로 '전장'이었다. 학생 성적(석차) 순위는 복도에 대놓고 게시됐고, 담임교사는 반 평균이 낮기라도 하면 고개를 들 수 없었다. '학력 신장'이라는 이름 아래, 학교는 오직 성적으로 평가받았고, 교사도 학생도 숨 돌릴 틈 없는 하루하루를 버텨야 했다. 그런 환경에서 담임교사의 무게는 상상 이상이었다. 단순히 수업만 잘한다고 되는 일이 아니었다. 그 반의 분위기, 그 반의 품행, 그 반의 성적…. 모든 게 담임의 '성적표'였고 책임이었다.

그 시절, 학력 신장과 직결된 교과 담당이 아닌 교사는 담임을 맡기 어려운 구조였다. 체육 과목은 '주변 과목'으로 취급되었고, 운동부 지도 업무에 묶여 자연스레 담임 경험조차 없었다. 그렇게 교직 입문 후 10년이 넘도록 학급을 맡아본 적 없이 지내고 있었다. 그러던 중, 마흔을 바라보던 서른일곱의 해, 학교에서 교무부장직을 맡아달라는 제안을 받게 되었다. 당시로서는 감사한 일이었지만, 그보다 더 간절한 바람이 있었다. 한 번쯤은 진짜 담임을 해 보고 싶었다. 과중한 행정보다, 교사와 아이들이 함께 살아가는 학급이라는 작은 사회에 더 마음이 끌렸다. 그래서 의견을 강하게 피력했고, 마침 새로 부임하신 교장선생님께서 그 바람을 들어주셨다. 그렇게 교직 생활 10년 만에 처음으로 담임이라는 역할을 맡게 되었다.

그렇게 만나게 된 첫 학급은 46명의 아이들이 옹기종기 모여 있던 전형적인 과밀학급이었다. 운동부를 지도하며 익힌 팀워크와 훈련의 리듬을 학급 운영에 적용해 보았다. 예상보다 훨씬 복잡하고 감정의 폭이 큰 학급이라는 공동체 속에서 더 깊은 매력을 느꼈다. 주변 교과 교사라는 인식 속에서도, 운동부 지도 경험을 바탕으로 한 학급 운영 역량이 점차 인정받기 시작했다.

그 학급에서 평생 잊지 못할 한 사람을 만났다. 바로 반장이었다. 학생들의 투표로 선출된 그 친구는 운동을 좋아하는 아이였고 동시에 조용한 힘을 가진 리더였다. 그는 늘 중립을 유지했다. 담임의 다급함과 학급의 망설임 사이에서 균형을 잡았고 누군가가 소외되지 않도록 배려했다. 눈에 띄지 않게 조율하고, 보이지 않는 곳에서 손을 잡아 주는 그런 리더였다.

나중에 알게 된 사실은, 그 아이가 매우 부유한 가정의 자녀였다는 것이다. 하지만 단 한 번도 그 사실을 앞세운 적 없었다. 오히려 친구들에게 더 다가가고, 조용히 뒤에서 챙겨 주는 모습에 진심으로 감탄했다. 그 친구 덕분에 반은 단순한 모임이 아니라 하나의 '공동체'가 되었다. 서로 믿고 응원하고 실패도 함께 책임지는 학급. 그런 풍경을 교실에서 직접 보고 체험할 수 있었던 것은, 교사로서 얻은 가장 큰 선물이었다.

그 학급의 이야기는 여기서 끝나지 않는다. 그 반 아이들은 지금도 매년 5월이면 모인다. 20년이 넘는 세월이 흘렀지만, 그들의 우정은 흐려지지 않았다. 반장의 리더십과 학급 구성원들의 팔로우십이 만들어 낸 '완성형 멤버십'은 각자의 삶의 방향이 달라져도 여전히 이어지고 있다. 필자 역시 그들의 응원과 지지 속에서 담임이라는 자리를 여러 번 맡았고, 그때 배운 노하우를 바탕으로 더 많은 학생들과 아름다운 기억을 만들어 왔다.

하지만 요즘 교실 풍경은 조금 다르다. 아이들은 훨씬 조심스럽고 방어적이며, 서로 간에도 거리를 둔다. 책임은 회피의 대상이 되었고 리더는 눈치를 봐야 하는 역할이 되었다. 그것이 단순히 아이들의 문제가 아니라고 생각한다. 어른들이, 교육이, 사회가 아이들에게 그 무게를 감당할 준비도 기회도 주지 않았기 때문이다.

요즘의 교실은 예전보다 훨씬 다양한 배경을 가진 아이들이 모여 있다. 가정환경, 성격, 감정 표현 방식까지 모두 제각각이다. 이질적인 요소들이 함께 섞여 있는 교실에서 교사가 해야 할 일은 단순히 가르치는 것을 넘는다. 교사는 조율자이자 경청자 그리고 무엇보다 공동체의 문을 여는 첫 번째 사람이다. 아이들이 교실 문을 열었을 때, 담임이 먼저 눈을 맞춰준다면 그 교실은 절반은 이미 성공한 것이다. 아이는 '환영받는다.'라는 감정을 갖게 되고 교사는 '이 교실에 의미 있는 존재'라는 책임감이 배이게 되는 것이다.

반장의 역할도 마찬가지다. 진정한 리더는 성적이 좋은 아이, 말을 잘하는 아이가 아니라 '듣는 힘'을 가진 아이여야 한다. 그 반장이 보여 준 중간자의 역할은 한 학급의 분위기를 어떻게 바꿀 수 있는지를 뚜렷이 보여 준다. 교사는 아이들의 잠재력을 믿고 기회를 줘야 하고 반장은 친구들의 신뢰를 바탕으로 공동체의 방향을 제시하는 등대 같은 존재가 되어야 한다.

교직의 가진 가장 큰 매력은 바로 이것이다. 담임이라는 이름 아래, 학생들과 가족 같은 관계를 만들 수 있다는 것. 평생을 응원해 주는 제자들, 부끄럽지 않게 살아가도록 만들어 주는 존재들. 그들과 함께한 기억은 교사로서 흔들림 없이 설 수 있도록 지탱해 주는 든든한 뿌리가 되었다. 서로의 삶을 통해 교학상장의 길을 함께 걸었고, 제자들 앞에 부끄럽지 않은 삶을 살기 위한 부단한 노력은 지금까지도 계속되고 있다. 그들의 선생님으로서의 품위를 지키려는 자기 연찬은 물론, 어떤 권력의 그늘에도 기대지 않는 당당한 태도 또한 그들로부터 비롯되었다.

비록 시대는 바뀌고 교실의 풍경도 달라졌지만, 그때의 경험은 여전히 필자의 교육철학을 이끄는 나침반이다. 아이들이 교실 문을 열 때 느끼는 환영의 온도, 교사와 반장이 함께 만드는 조용한 리더십, 한 반이 만들어 가는 따뜻한 공동체의 힘. 그 힘을 믿는다. 앞으로도 그 믿음을 품고, 매일 아침 교문을 열 것이다. 오늘도, 누군가의 인생을 바꿀 수 있다는 희망을 안고.

12

교사의 질을 능가할 수 없다

"이걸 왜 배우는 거예요?" 한 번쯤은, 아니 자주 듣게 되는 질문이다. 교사에게 있어 이 말은 단순한 호기심이 아니라, 가슴을 깊숙이 찌르는 물음이다. 필자 역시 그 앞에서 망설인 적이 많았다. 교과서에 실려 있는 내용이지만, 그것이 지금, 이 순간 아이들의 삶과 무슨 관련이 있는지, 확신이 서지 않을 때가 있었으니까.

그 해답은 교실 밖에서 뜻밖에 찾아왔다. 전국체전 파견근무라는 낯선 업무를 맡게 되면서였다. 처음엔 막막했다. 익숙한 교실이라는 공간을 떠나, 아무 시스템도 없는 백지상태에서 무언가를 하나하나 만들어야 했다. 하지만 바로 그 '낯섦'이 필자를 깨웠다. 밤을 새워 기획서를 쓰고 연출 용어를 익히며, 동선을 학생 눈높이에서 고민하던 그 시간들은 그 자체로 진짜 '배

움'이었다. 그제야 교육의 본질, '아이들이 주인공이 되는 순간'
의 의미를 진심으로 이해하게 되었다.

그 경험은 교과서 없는 교육의 또 다른 이름이었다. 다시 교
실로 돌아왔을 때, 전과는 완전히 다른 눈으로 수업을 준비할
수 있었다. 문서 기획, 계선형 조직 이해, 업무보고, 보도자료
작성, 행정 절차 등 그 모든 것들이 수업안에서 생생하게 살아
움직였다. 단순히 전달자가 아닌 삶을 살아낸 이야기꾼으로 다
시 태어난 느낌이었다.

교사는 교실 안에서만 성장하지 않는다. 아니, 오히려 교실
밖에서 더 크게 자랄 수 있다. 도널드 슈온의 말처럼 "진짜 전문
성은 성찰적 실천에서 비롯된다." 교사는 낯선 환경에 부딪히
고 스스로 끊임없이 확장해야 한다. 그래야만 아이들 앞에 섰을
때, 살아 있는 지식과 통찰로 설 수 있다.

이러한 외부 경험은 단지 개인의 성장 차원에서 그치지 않는
다. 그것은 교육 전체의 질을 끌어올리는 기초가 된다. 싱가포
르처럼 방학 중 교사들이 공공기관이나 민간 기업에 파견되어
실무를 익히고 그 경험이 다시 교실에서 진로 교육이나 프로젝
트 수업으로 이어지는 구조. 네덜란드에서도 교사의 외부 활동
은 선택이 아닌 '필수'로 여겨진다.

필자 역시 교육 현장에서 교사 연수나 관리자 워크숍을 할
때, 과거의 다양한 근무 경험이 빛을 발하는 순간을 종종 마주

한다. 초임 발령지부터 지금까지 대전을 포함하여 10개 시 · 군 지역을 거쳤다. 당시엔 자주 이사를 해야 하고 새로운 환경에 적응하는 게 고단하게 느껴졌지만, 시간이 흐르고 나서야 알게 됐다. 그 경험이 차곡차곡 쌓이며, 수많은 사례와 관점을 만들어 주었다는 것을. 그것은 수업과 행정 그리고 동료들과의 관계에서 더 넓은 시야를 만들어 주었다.

교사의 학습 경험, 생활 경험, 근무 경험은 모두 훌륭한 교육 자원이 된다. 수업 시간에 꺼내는 이야기, 사례, 비유, 표현들은 모두 직접 보고 느끼고 살아낸 것들이다. 아이들은 그런 '진짜 이야기'에 귀를 기울인다. 그래서 교사의 외부 활동을 적극적으로 응원하고 싶다. 그 자체가 교육이고 결국엔 아이들의 세계를 풍요롭게 만드는 일이기 때문이다.

물론, 이와 관련해 의견이 갈릴 수 있다는 것도 잘 알고 있다. 일부 선생님들 가운데는 "교사는 오직 가르치는 데에만 전념해야 한다."라고 말하며, 행정업무나 주변 관리에 시간이 빼앗기는 것에 아쉬움을 토로하기도 한다. 처음엔 필자 역시 비슷한 입장이었다. 공문 하나 작성하는 일도 번거롭고 수업 이외의 업무가 불편하기만 했다.

하지만 시간이 흐르며 생각은 달라졌다. 공문서 처리, 회의, 업무보고 등을 거치면서, 교사라는 직업이 단지 '지식 전달자'에 머물러선 안 된다는 걸 깨달았다. 교육의 방향성과 행정의 기능, 학생 지도에서의 타당성과 신뢰성은 모두 그러한 경험을 통해 갖추어진다. 어떤 선생님은 "공문을 통해 사고가 정리되고, 지도 방안이 분명해진다."라고 말씀하기도 했다. 필자 역시 돌이켜 보면, 교단에 처음 섰을 땐 대학교수처럼 고상하고 품격 있는 수업만 하고 싶다는 꿈을 품었지만, 그게 현실과 괴리되었다고 실망했던 적이 있다. 지금 생각하면, 그건 초보 교사의 자연스러운 착각이자 순수한 열정이었다.

대학교수가 진리를 추구하는 연구 중심의 위치라면, 초·중·고 교사는 교수·학습은 물론 생활교육, 진로 진학, 상담 등 학생의 전인적 성장을 돕는 전방위적인 역할을 맡는다. 결국 '교사는 교실에만 머물 수 없다.'라는 사실을 받아들이는 것이 성장의 시작이었다.

우리 학교에 훌륭한 역사 교사가 계신다. 그는 국외 문화 체험 프로그램을 통해 일본을 방문했는데, 당시 칠지도 실물을 보지 못한 것이 못내 아쉬웠다고 했다. 그러다 일반인에 공개된다는 소식을 듣고 사비를 들여 다시 현지를 찾았다. 심지어 사진 촬영조차 불가능한 관람 조건이었음에도 그는 아이들에게 생생한 이야기를 전하기 위해 그 시간을 감행했다. 그 결단에서 '진짜 교육자'의 열정을 보았다.

교사 초기에 참여했던 야영장 활동, 전국체전, 국외연수, 대학원 수업에서 익힌 것들이 모두 내 수업 속에 자연스럽게 녹아드는 것을 보며 확신하게 되었다. 삶의 경험이 곧 아이들의 배움이 된다는 사실을.

브릭스는 말했다. "교육의 질은 교사의 질을 능가할 수 없다." 이 문장은 단순한 수사적 표현이 아니다. 교사의 삶 자체가 아이들의 교육을 구성한다. 그래서 이렇게 말하고 싶다. "교사의 경험이 풍부하고, 교사의 사고가 교실에만 머물러 있지 않을 때, 아이들에게 더 가까워질 수 있다." 수업이 살아 있고 학습의 질이 달라진다. 교사와 아이가 함께 성장하는 공간 그것이 우리가 지켜야 할 진짜 교육의 모습이다. 교실 밖으로 나가자. 그리고 그 경험을 다시 교실 안으로 가져오자. 그것이 바로 진짜 교육의 시작이다.

13
여학생 체육, 활기찬 학교

"여학생은 운동을 싫어한다?" 교직 초기부터 수없이 들어 온 말이다. 그 당시 그 말에 담긴 고정관념을 깊이 의심하지 않았다. 여학생 체육은 그저 조용히, 얌전히 넘어가도 되는 수업처럼 여겨지곤 했다.

2002년, 교직 입문 12년 만에 여학교에 처음으로 근무하게 되었다. 그곳에서의 첫 체육수업은 혼란의 연속이었다. 남학교에서는 체육 시간이 되면 운동장으로 나가는 걸 기다리는 게 자연스러웠지만, 여중에서는 그렇지 않았다. 아이들은 묵묵히 속삭이듯 말했다. "선생님, 밖에 나가기 싫어요…" 그 말 없는 메시지는 분명히 말했다. '체육'은 그들에게 불편한 시간이었다.

스스로 물었다. '이 수업은 누구를 위한 것인가?' 그 지점에서 하워드 가드너의 다중지능이론을 다시 떠올렸다. 아이들은 다르게 배우고, 교사는 다르게 가르쳐야 한다. 그래서 여학생들의 감성과 감각에 맞춘 새로운 체육수업을 고민하게 되었고, 그렇게 탄생한 것이 '음악줄넘기'였다. 음악에 맞춰 동작을 만들고 친구들과 함께 팀을 구성하고, 안무를 짜고 서로 호흡을 맞춰 뛰는 이 수업은 여학생들에게 '움직이는 즐거움'을 선물해 주었다. 그 웃음과 땀방울은 체육을 다시 바라보게 했고, 그 순간 교실과 운동장은 새로운 무대로 변했다. 바로 그들이 주인공이 되는 체육이었다.

이후 장학사로 근무하면서는 여학생 스포츠 활동에 대한 관심을 더 넓은 무대로 확장시켰다. '한(외)발자전거'라는 다소 낯선 체육 프로그램을 도입하고, 교육장으로 재직할 당시에는 최초로 여학생 풋살대회를 개최했다. 그 시도는 분명 과감한 도전이었다. 당시만 해도 여학생을 위한 공식적인 스포츠 대회는 거의 없었기 때문이다. 그러나 그 노력은 여학생들에게 "운동은 남학생만의 것이 아니다."라는 중요한 메시지를 전할 수 있는 계기가 되었다.

이러한 변화는 점차 일반 학교로 퍼져나갔다. 특히 깊은 인상을 남긴 사례가 있다. 한 체육 교사는 근무하는 학교마다 여학생 배구 수업을 창의적이고 재미있게 구성하여 학교의 분위기를 변화시켰다. 그는 단순히 배구 기술만 가르친 것이 아니라 팀워크와 협업, 책임감과 인내 같은 '운동 너머의 가치'를 함께 심어 주었다. 그 열정은 눈에 띄는 성과로 이어졌다. 그가 지도한 여학생 배구팀은 매년 전국 학교스포츠클럽 대회에서 입상하며 실력을 입증했고, 여름방학과 겨울방학이면 졸업생들이 다시 모여 그가 근무하는 학교에서 '배구 축제'를 열었다. 올해에도 그 교사가 재직했던 여러 학교 출신의 졸업생들이 모여 팀을 이루고, 지도해 주신 선생님의 노고를 기리며 웃음과 땀으로 함께하는 모습은 그 자체로 하나의 감동이었다. 스포츠를 통해 다져진 인성과 우정은 세월을 넘어 더욱 끈끈하게 이어지고 있었다.

이 모든 경험은 교사의 역할을 다시 생각하게 했다. 여학생 체육은 단지 신체활동이 아니다. 그것은 '자기표현의 장'이며, 정서 회복의 공간이며, 공동체의 가치를 배워 가는 생생한 무대다.

이러한 철학은 교장이 되어 다시 현장으로 돌아왔을 때, 더 구체적이고 실천적인 방향으로 이어졌다. 우선 체육관 내에는 한(외)발자전거 수업을 안정적으로 운영할 수 있도록 지지대를 설치했다. 날씨에 상관없이 신체활동을 할 수 있도록 전천후 실외 스포츠 공간을 구축하게 되었다. 체육건강부라는 전담 부서를 만들어 행정적인 지원도 탄탄하게 갖췄다. 그리고 무엇보다, 여학생들이 자유롭고 주도적으로 활동할 수 있도록 배구, 배드민턴, 풋살 등 스포츠 동아리를 조직하여 점심시간과 방과 후 시간을 적극적으로 활용하게 했다.

그 결과는 눈에 띄게 나타났다. 학교는 점점 생기를 찾기 시작했고 아이들의 웃음소리와 움직임은 교실 너머까지 퍼져 나갔다. 스포츠를 통해 회복된 자존감, 친구와의 협력 속에서 발견한 존재감, 선생님과의 신뢰를 바탕으로 한 자율적인 참여가 학교 전체 문화를 서서히 바꾸기 시작한 것이다.

부임한 지 2년째에, 전혀 예상하지 못했던 새로운 광경을 목격했다. 아침 등굣길에 여학생이 배구공을 손에 들고 들어오는 모습이었다. 예전 같았으면 상상조차 하기 어려운 변화였다. '운동은 남학생의 것'이라는 낡은 인식이 무너지고, 아이들 스스로 "우리 학교는 차별이 없는 학교"라고 말하듯 행동하고 있었다. 그 모습은 단순한 풍경이 아니라 학교의 문화를 바꾼 실천의 증거였다.

이제 '여학생 체육'이라는 표현부터 필요 없어야 한다. 체육교육은 남녀를 가리지 않고 학교 교육의 필수 가치로 자리 잡아야 한다. 그것은 단지 건강을 위한 신체활동이 아니라 정서와 사회성, 자율성과 공동체성을 모두 아우르는 교육의 핵심이다.

체육은 그들에게 하나의 '표현의 무대'가 되어야 한다. 그리고 그 무대를 밝히는 빛은 교사, 학교 그리고 가정이 함께 밝혀야 한다. 운동장에서, 체육관에서 그리고 일상에서 우리는 여학생들에게 말해야 한다. "너는 움직일 수 있어. 네 방식으로,

너의 속도로.”

그렇게 우리는 다시 묻는다. 이 아이들의 웃음과 땀이 살아
있는 학교, 그것이 진짜 교육이 아니냐고.

14
자기 가능성의 출발점

늘 아이들에게 기회를 주는 일을 멈추지 않았다. 작은 가능성이 피어나는 그 순간을 지켜보며, 단 한 사람이라도 자신을 발견할 수 있다면 그게 바로 교사로서 해야 할 가장 본질적인 일이라 믿었기 때문이다. 그래서 오늘도 같은 자리에 서 있다. 아이들 옆에서, 그들의 내일을 묵묵히 응원하며.

지금 근무 중인 학교에서, 과거에 기획했던 '체력왕 선발대회'를 후배 체육 교사가 다시 열겠다고 했을 때 묘한 기쁨과 함께 속 깊은 뿌듯함을 느꼈다. 그 안에서 또 다른 아이가 자신의 가능성을 만날 거라는 희망. 또 한 명의 교사가 교육의 보람을 느끼게 되리라는 기대. 그를 진심으로 응원한다.

외국 여행 중 한 장면이 지금도 또렷이 떠오른다. 거대한 경기장 한편에, 한 줄의 이름이 새겨져 있던 광경. 기록을 세운 이의 이름이 수천 명의 관중과 수많은 후배 선수에게 조용히 말을 건네고 있었다. "너도 할 수 있어." 그 순간을 떠올리며 묻는다. 우리는 왜 교육 현장에서 아이들의 이름을 그렇게 기념하지 않았을까. 왜 그들의 땀과 도전을 기록해 두지 않았을까.

그래서 시작했다. 학교 개교 30주년을 맞아, 여기저기 흩어진 역사적 순간들을 모으는 작업을. 누군가의 작은 노력, 소소한 열정이 아이들의 눈에 보이게 하려고. 이 기록들이야말로 우리 학교의 품격이고 아이들의 자긍심이자 정체성이 될 테니까.

오늘날의 교실은 조용하다. 아이들은 질문하지 않고 디지털의 자극적인 가상 속에서 현실감각은 무뎌졌고 신체활동은 줄어들었다. 하지만 그 속에서도 우리는 답을 찾을 수 있다. '체력왕 선발대회'. 아이들은 기록을 통해 자신의 능력을 직접 확인하고 친구와 비교하며, 목표를 세우고 또다시 도전한다. 이 반복 속에서 자기효능감은 천천히 자라난다.

심리학자 반두라가 말했던 그 자기 신념. '나는 해낼 수 있다.'라는 감정이 학습과 삶 그 모든 곳에서 움직임을 만든다. Y 중학교에서 실천했었다. 체력왕 선발대회 결과는 체육관 벽면에 큼직하게 걸렸고 학생들은 자신을 자랑스러워했다. 3년 만에 학교의 대표 행사로 자리 잡았다. 하지만, 필자가 떠나고 새로 온 교장선생님은 '지저분하다.'라며 모든 흔적을 치워 버렸다. 기록은 사라졌고 아이들의 성취감도, 추억도 함께 지워졌다.

교육은 예술이다. 공감의 예술. 한 사람의 힘으로는 부족하다. 교장, 교사, 행정 그리고 학부모까지 함께할 때 비로소 '계속될 수 있는 교육'이 완성된다.

체력왕 선발대회는 단순한 스포츠 이벤트가 아니다. 학습된 무기력을 뚫는 하나의 심리적 메시지. 다시 일어설 수 있다는 용기, 자기 신념의 시작이자 출발선이다.

그리고 여기, 이솝우화 속 이야기 하나. 토끼와 거북이. 토끼는 거북이를 이기는 데 목표를 두었고, 거북이는 산 정상에 도달하는 걸 목표로 삼았다. 그래서 거북이는 중간에 멈추지 않았다. 그는 자신과의 싸움에서 이긴 것이다.

아이들에게 우리가 전해줘야 할 건 바로 이 믿음이다. "너는 너의 정상으로 가는 중이다." 누군가보다 앞서느냐보다, 자신의 목표를 담대하게 세우고 꾸준히 가는 것. 그걸 가르치는 게 교육의 진짜 힘이다.

국어 시간의 글이 게시판에 붙고, 미술 시간의 학생 작품이 복도에 걸리고. 담임의 한마디, 생활교육의 공감 어린 시선. 이 모든 작고 반복적인 '성공 경험'이 결국 아이의 믿음으로 연결된다.

이런 믿음과 동기의 형성은 단지 과목 수업이나 행사만으로 이뤄지는 것이 아니다. 학교의 작은 공간과 사소한 순간에서 비롯되기도 한다. 충남체고 교장으로 근무할 때였다. 체육고등학교의 특성상 학생들은 주로 운동 실적에만 집중하고, 학생회 같은 활동에는 큰 관심이 없다. 실제로 학생회장 선거는 해마다 형식적이었고 후보자조차 나오지 않아 3학년 선임 반의 반장이나 인원이 가장 많은 운동부의 부장이 형식적으로 맡는 경우가 많았다.

이 침체된 분위기를 바꾼 것은 의외로 단순한 '기록의 힘'이었다. 개교 30주년을 맞아 중앙현관, 학교의 중심 동선 한가운데에 역대 학생회장 사진을 기수별로 큼지막하게 게시한 것이다. 사진이 게시된 해부터 학생회장 선거는 학교에서 가장 주목받는 이벤트 중 하나가 되었고, 아이들은 그 자리에 자신의 이름을 남기고 싶다는 열망을 품기 시작했다. 이후 학교를 다시 방문했을 때, 그 벽면에 순차적으로 채워지는 차기 학생회장들의 사진을 보며 아이들의 달라진 자부심과 학교의 공동체 의식을 실감했다.

이와 비슷한 맥락에서, 최근 졸업앨범 촬영과 관련된 일도 기억에 남는다. 졸업사진 촬영을 앞두고 몇몇 학생들이 "선생님, 저 사진 안 찍을래요. 앨범도 안 살 거예요."라며 거부 의사를 밝힌 것이다. 처음엔 단순한 거절처럼 들렸지만, 학년 부장과 담임들의 대화를 통해 드러난 것은 더 복합적인 문제였다. 사회적 위축, 외모 스트레스, 디지털 딥페이크에 대한 우려뿐 아니라, 자신이 사진 속에 기록으로 남는다는 것에 대한 부담감이 아이들 마음속에 숨어 있었다.

이 사실은 우리 모두에게 중요한 시사점을 던져 주었다. 지금 아이들은 단순히 '드러나기'를 두려워하는 것이 아니라, '존재를 드러내도 괜찮은 나'에 대한 확신이 없는 것이다. 이럴 때일수록, 우리는 아이들의 이름값을 높이고 존재감을 인정해 주는 노력이 필요하다.

시화전, 그림 전시, 체력 기록 공개 같은 일상의 작은 활동들이 바로 그 역할을 한다. 국어 시간에 지은 시를 시화전으로 연출하여 복도에 걸고, 미술 시간에 그린 작품을 전시하는 것, 그것들이야말로 '나는 괜찮은 사람이야'라는 감정을 심어 주는 소중한 실천이다. 점진적 노출, 긍정적 인지, 마음 챙김을 통해 다시 자기 존재를 받아들이고, 작은 자신감이 쌓여 큰 자존감으로 자라나게 해야 한다.

성공은 한 번에 크게 승리하는 것이 아니라 거북이처럼 작은 발걸음을 멈추지 않을 때 값지게 다가온다. 지금, 이 순간에도 우리는 한 명의 아이를 위해 존재한다. 오늘의 그 한 걸음이 내일의 거인을 만들어 낸다. 그리고 그 중심엔 언제나 교사가 있다.

15
함께 성장하는 힘

우리는 흔히 '리더십'을 이야기한다. 학교에서도 기업에서도 심지어 가정에서도 리더십 교육은 늘 중심에 놓인다. 하지만 그토록 강조된 리더십이 때때로 너무 앞서 나가는 것을 본다. 아이들에게는 '이끄는 법'은 가르치면서 '따르는 법'은 충분히 말해 주지 않았다는 걸 깨달은 건, 학생수련원에서 교수부장으로 근무하던 시절이었다.

그곳에서는 아이들이 조별 활동을 통해 하루하루를 살아간다. 그 안에서 누군가는 자연스럽게 앞장서고, 누군가는 물 흐르듯 조용히 빈자리를 채운다. 앞서 나서기보다 옆에서 도와주는 친구, 지시하기보다 질문해 주는 친구. 그런 아이들이 있는 조는 언제나 부드럽고 자발적이며 유기적으로 돌아가고 있었다.

그걸 보며 생각했다. 우리는 리더십을 너무 당연하게, 너무

고립적으로 가르쳐 온 건 아닐까? 모두가 리더이면 그 조직은 굴러갈 수 있을까? 사실 우리는 리더이기도 하고, 팔로워이기도 하며 언제든 역할이 바뀔 수 있는 구성원으로 존재한다.

이 멤버십의 아름다움을 절실히 느낀 또 하나의 현장이 있다. 장학사로 근무하던 시절, 자전거 국토대장정을 추진하던 4년의 시간이다. 매년 80명의 참가 학생과 교직원들이 함께 전국을 자전거로 일주했다. 매년 4박 5일 동안 하루에 최고 160km를 넘는 거리를 달리는 고된 여정이었다. 하지만 그 힘겨운 길 위에서 단 한 건의 안전사고도 없이, 무사히 그리고 감동적으로 대장정을 마칠 수 있었던 이유는 단 하나. 그것은 바로 리더십과 팔로워십이 어우러져 만들어 낸 멤버십의 기적이었다.

그 여정에는 4개의 조로 편성된 대원들과 두 분의 지도 선생님이 함께 움직였다. 때로는 이 선생님들이 앞장서 상황을 설명하고 전체 대열을 이끌기도 했고, 때로는 아무도 알아채지 못하는 순간에 뒤편에서 이탈하는 학생을 챙기고, 자전거를 점검하며 무거운 짐을 덜어 주었다. 출발 전 아침이면 학생들보다 먼저 일어나 준비하고, 밤이면 조용히 다음 날의 동선을 다시 점검하던 그 모습은 눈에 보이지 않는 리더십의 또 다른 형상이었다.

아이들은 그 모든 행동을 보고 배웠다. 힘들어하는 친구를 위해 페달을 늦추고 격려의 말을 아끼지 않으며, 땀 흘리는 교사의 모습을 따라 스스로 앞장서 물통을 나르기도 했다. 그렇게 조원 하나하나가 서로의 리더가 되고, 서로의 팔로워가 되는 여정이 반복되며, 어느새 강철 같은 연대감이 조 안에 피어났다.

국토대장정은 단순히 체력을 시험하는 행사가 아니었다. 그것은 우리가 '함께 움직이는 힘'을 어떻게 기를 수 있는지를 보여 주는 하나의 거대한 수업이었다. 누군가를 앞세우기보다 나아가지 못하는 이를 기다려 주는 것, 그 사이사이에 존재하는 보이지 않는 배려와 신뢰는, 앞에서 이끄는 책임과 뒤에서 받쳐 주는 마음이 어우러진 진짜 '함께함'의 힘이었다. 그것이야말로 '소속감'이 완성되는 순간이었다.

그 해, 그리고 그다음 해, 또 그다음 해까지도 대장정은 이어졌고, 10년이 지난 지금도 행사를 진행했던 선생님들은 매년 광복절쯤이면 어김없이 모여 그 시절을 회상한다. 얼굴은 조금 더 어른스러워졌지만, 그 안의 눈빛은 여전히 따뜻한 동료애로 반짝인다. 함께 달리고, 함께 버티고, 함께 웃으며 완주했던 그 시간이 그들의 인생 한가운데에 든든한 축으로 남아 있다.

무엇보다 감동적인 건 그들 중 몇몇은 필자가 걸어온 길을 걷고 있다는 것이다. 그리고 그들이 주체가 되어 또 다른 행사를 계획하고 실행하며, 자신이 받은 가르침을 고스란히 후배들에게 전하고 있다. 그 모습은 마치 한 편의 연극이 무대를 달리하며 세대를 넘어 계속 이어지는 듯한 감동을 준다. 리더십과 팔로워십의 조화 그 속에서 피어난 멤버십은 결국 '대물림되는 힘'으로 자라나는 것이다.

그 모든 걸 되돌아보며 또다시 확신한다. 리더십과 팔로워십은 동전의 양면이다. 명령과 복종의 수직 구조가 아니라 솔선과 협조의 수평적 신뢰 위에서만 진짜 공동체가 만들어진다.

교실 속에서도 마찬가지다. 수업 시간의 역할 분담, 이 작은 경험들이 아이들에게 말해 준다. "네가 앞에 서든, 뒤에 있든, 너는 없어선 안 될 존재야."

학부모 교육에서도 바뀌어야 한다. '앞장서라'라는 부담보다 '좋은 조력자가 되어라'라는 지혜가 더 필요하다. 아이들은 실패를 견딜 수 있는 공간이 있어야 성공의 가능성도 탐색할 수 있다. 그리고 그 과정에서 어른들은 유도(柔道)처럼 메치기 기술보다 낙법을 먼저 가르쳐 주는 이가 되어야 한다.

우리는 아이들에게 이렇게 말해야 한다. "너는 훌륭한 리더가 될 수 있어. 하지만, 때로는 그보다 더 멋진 팔로워가 될 수도 있어. 그리고 그 둘을 오갈 수 있는 멤버십, 그게 진짜 멋있는 사람이야."

대장정의 길 위에서 만난 뜨거운 햇살과 거센 바람은 모두 그들에게 말해 주고 있었다. 너희는 서로의 리더이고 서로의 팔로워이며, 그래서 함께 걸어갈 수 있는 가장 아름다운 동료들이라고.

16

공감이 역량을 능가한다

교육 현장에서 교사로 시작해 연구사, 장학사, 장학관, 과장 그리고 교육장에 이르기까지 긴 여정을 걸으며 늘 같은 질문을 스스로에게 던졌다. '행정이란 과연 무엇이어야 하는가?'

처음 교단에 섰던 날, 아이들의 눈빛을 마주하며 시작했던 그 교육자의 마음은 시간이 흐를수록 점점 더 넓은 현장을 품고자 했다. 그 결과 필자는 정책 기획의 최전선에 서게 되었고, 그 과정에서 무엇보다 절실히 깨달은 것이 있다면 바로 '공감'의 힘이었다.

초임 장학사 시절, 교육청에서 체육, 보건, 예술 분야의 각종 정책을 기획하고 실행하는 업무를 맡았다. 그 시기 고민은 '현장과 괴리된 정책이 어떻게 교실에서 의미를 가질 수 있을까?'였다. 이 질문은 정책 설계의 출발점이 되었다. 그래서 문서보다 먼저 학교를 보았다. 교사와 학생, 행정 직원의 생생한 목소리를 듣고 그들의 고충과 바람을 정책의 실마리로 삼았다.

자전거 타기 활성화 정책을 추진하던 시기였다. 처음엔 어느 정도 이상적으로 느껴졌던 이 정책은 교통사고에 대한 우려와 도난 문제로 인해 현실적으로 실현이 어렵다는 현장의 반응에 부딪혔다. 이 의견을 곧장 정책에 반영했다. 면허제 도입, 안전교육 통합, 시범 운영학교 지정 등 실행 가능하고 안전을 고려한 실질적 대안을 마련해 현장의 수용성을 이끌어 냈다.

이 경험은 이후 모든 정책 설계에 있어 '공감'이 가장 앞서야 한다는 확신을 주었다. 새로운 정책을 기안하거나 민감할 수 있는 안건을 구상할 때면, 늘 가장 먼저 현장의 목소리를 듣고자 했다. 그 방법의 하나로 활용했던 것이 이메일을 통한 사전 의견 청취였다. 구안된 내용을 몇몇 교사들에게 먼저 공유하고 그들의 반응과 제언을 반영하여 정책을 조정해 나갔다.

이 과정에서 특히 기억에 남는 이가 있다. 당시 체육 교사였던 한 후배는 매번 가장 솔직하고 깊이 있는 피드백을 보내주었다. 그는 단순히 정책의 문제점을 지적하는 데 그치지 않고 학생 중심의 관점에서 어떤 방향으로 수정되어야 할지에 대한 대안까지 제시해 주었다.

지금도 그에게 고마움을 느낀다. 그 역시 지금은 장학사가 되어 교육청에서 중책을 맡고 있다. 필자가 예전에 그랬던 것처럼 그 또한 현장에 대한 신중한 접근과 공감의 자세로 높은 신뢰를 얻고 있다.

반대로, 행정 편의주의의 사례들도 여전히 존재한다. 가끔 학교로 전달되는 공문 중에는 불쾌감을 유발하는 경우가 있다. 예를 들어, 어떤 사업을 추진하기 위해 '시 단위 교사 2명, 군 단위 교사 1명 추천 바람'과 같은 공문은 언뜻 보면 공정하고 체계적인 것처럼 보일 수 있다. 그러나 그 속을 들여다보면 전형적인 탁상행정의 잔재가 숨어 있다. 지금까지 해당 사업이 어떻게 진행되어 왔는지, 어떤 성과와 한계가 있었는지를 면밀히 분석하고 접근했다면, 보다 구체적이고 실질적인 추천 기준과 방안이 나왔을 것이다. 단순히 숫자로 구성원을 나열하는 방식은 학교 현장의 맥락을 무시한 비효율적 관행일 뿐이다.

또한 모두가 희망하거나 중요한 의미를 지닌 공문이 '긴급'이라는 형식으로 갑작스럽게 배포될 때 씁쓸하다. 이러한 행정 방식은 단순한 실수가 아니라 공감 능력이 부족하고 행정편의를 우선한 사례로 볼 수 있다.

후배 장학사들에게 항상 같은 말을 반복해 왔다. "장학사는 단순 행정을 처리하는 주무관과는 달라야 한다. 주무관은 규정과 원칙에 따라 공정하게 업무를 처리하면 되지만, 장학사는 그 너머를 보아야 한다. 보이지 않는 교육적 효과와 장기적인 파장까지 고려하며 정책을 만들어야 한다."

이 말은 단순한 이상론이 아니다. 실제로 교육정책 하나가 교실과 교사 그리고 학생에게 어떤 변화를 주는지를 생각해 보면, 그 영향력은 상상 이상이다.

정책은 '내용'보다 '전달 방식'이 중요하다. 장학관으로 재직하면서 공모사업 평가, 체육 교사 직무연수, 운동장 개선 사업 등 굵직한 프로젝트를 기획하고 운영했다. 그 과정에서 깨달은 교훈은, 아무리 훌륭한 정책이라 해도 그것이 현장에서 공감받지 못하면 의미가 없다는 것이다.

교사와 학생의 실생활에 닿지 못하는 정책은 결국 책상 위에서만 존재하는 공문으로 사라진다. 공감은 말보다 듣기에서 시작된다. 정책 입안자는 교사와 학생, 학부모의 목소리를 '정답을 위한 힌트'로 받아들여야 한다.

지금도 교장실보다는 운동장과 교실에서 더 많은 배움을 얻는다. 책상 위에서 설계한 정책이 진짜 교육정책이 되기 위해서는 반드시 현장에서 의미를 입증받아야 한다.

교육은 결국 사람이다. 공감은 그 사람에게 다가가는 첫걸음이며, 우리가 만들어 갈 미래 교육의 가장 단단한 기반이다. 오늘도 후배 장학사들에게 조용히 말하고 싶다. 당신이 가진 지식과 능력은 이미 훌륭하다. 그러나 현장을 듣지 않는다면, 그 모든 역량은 무기력한 도구에 불과할 수 있다. 진정한 행정가는 사람의 마음을 얻는 사람이다. 그리고 그 첫걸음은 언제나 공감에서 시작된다.

　그 숨은 노고가 결국 우리 아이들의 내일을 밝혀 줄 것임을
믿는다. 당신이 있는 자리에서 지켜 온 진심은, 분명히 누군가
에게는 울림이자 희망이 되고 있을 테니까.

17
사람을 중심에 두는 학교

고등학교에서 교감을 하면서 느낀 소회를 중심으로 말하고자 한다. 후기 모집학교였던 그 학교는 중도 탈락률이 높고 학생들의 기본 생활 태도조차 무너진, 한마디로 '문제 학생들의 마지막 거점'처럼 여겨지던 곳이었다.

'단 한 명도 낙오시키지 않겠다.'라는 신념으로 체육 중점학급 운영, 오케스트라 창단, 금연 프로그램, 전문 인력 배치 등 다양한 실천을 전개하며 교육적 전환을 만들어 갔다.

하지만 교육 현장에는 언제나 보이지 않는 벽이 존재했다. 학생 생활교육은 여전히 '뜨거운 감자'였다. '아동학대 방지법'이 확대 해석되면서, 법적 다툼에 휘말리거나 심한 경우 교단을 떠나는 상황을 지켜봐야 했다.

이런 와중에, 한 후배 체육 교사의 실천을 지켜보며 다시금 큰 감동을 받았다. 일반적으로 우리는 원칙을 세워 놓고 생활교육을 추진하지만, 이 친구는 달랐다. 그는 매뉴얼보다 사람을 먼저 보았고, 규율보다 관계에 집중했다.

그는 아이들과 격의 없이 생활하는 과정에서, 아이 스스로 깨치길 기다리며 아주 천천히 그러나 꾸준하고 지속적인 방식으로 생활교육을 실천해 나갔다. 스포츠 활동을 통해 바른 습관이 들도록 하고, 책임과 역할을 부여하며 공동체의 일원으로 살아가는 감각을 자연스럽게 익히게 했다.

특히 캠핑 활동에서는 나태함과 이기적 습관을 고쳐주기 위한 상황을 일부러 만들고 그 안에서 아이들이 스스로 판단하고 행동을 조율해 나가게 했다. "야, 누가 시켜서가 아니라 우리가 같이하자고 했잖아"라는 말을 아이 입에서 자연스레 흘러나오게끔 만드는, 생활교육의 진심이 깃든 장면들이었다. 단순한 '생활교육'이 아니라 '생활을 함께하는 교육' 그 자체였다.

그 모습을 옆에서 지켜보며 이것이야말로 '사람을 중심에 두는 진짜 생활교육'이라고 느꼈다. 교사라는 직책을 벗어나 한 사람의 삶으로 아이들의 곁에 서는 일. 그가 보여 준 교육은 기술이 아닌 태도였고, 지도라기보다 동행에 가까웠다.

이 교사는 지금도 생활교육이 어려운 학생들만 모여 있는 대안학교에서 즐겁게 근무하고 있다. 그를 '생활교육 전도사'라 부르고 싶다. 그의 존재 자체가 오늘날 교육 현장에 던지는 울림이 얼마나 깊고 넓은지를 누구보다 잘 알고 있다.

오랜만에 현장에 들어와 보니, 교사들이 겪고 있는 고통의 대부분은 학생 생활교육 문제에서 비롯되고 있었다. 통제할 수 있는 수단과 방법은 사라지고, 오직 한 사람 한 사람에게 매달려 하소연해야 하는 현실은 참으로 처참했다. 말이 예방 교육이지, 이미 아이들은 성인들이 하는 나쁜 행동과 범죄 행각을 뛰어넘는 수준이다. 교실에는 학력 편차보다 품행 편차가 훨씬 심각한 상황이다.

이러한 상황 속에서도 교사들은 여전히 묵묵히 그리고 헌신적으로 버텨내고 있다. 매일 아침 같은 시간에 그들을 맞이하며, 아이 하나하나의 표정을 기억하며, 문제 행동 뒤에 숨은 이야기를 읽어내려 애쓴다. 무관심이 가장 편한 선택이지만, 교사들은 여전히 간섭을 선택한다. 교육을 믿기 때문이다.

이제는 우리 사회 전체가 교사의 역할과 고통을 직시하고 교육을 위한 책임을 함께 나눠야 할 때다. 교육이 무너지면 결국 공동체의 미래가 무너진다.

한 가지 고백을 하고 싶다. 필자 역시 생활교육 업무에 몸담았고, 행정과 관리라는 자리에 있었던 사람으로서, 오늘의 교육 현장을 바꾸지 못한 책임에서 벗어날 수 없다. 후배 교사들이 여전히 고통받고 있다는 사실 앞에, 무한한 미안함을 느낀다. 바뀌지 않는 구조, 개선되지 않은 제도, 반복되는 어려움들 속에서 새로운 세대가 똑같은 무게를 짊어지고 있다는 사실은 너무도 가혹하다.

　그러니 후배들에게 말하고 싶다. 혼자 버티지 말고, 손을 내밀자고. 서로를 지지하고 함께 나아가자고.

　교육은 완벽한 인간을 만들기 위한 것이 아니다. 실수하고 넘어져도 다시 일어설 수 있는 사람을 키우는 일이다. 그런 교육은 오직 사람을 중심에 둔 학교에서만 가능하다.

18
마음을 지키는 교육

필자의 교직 생활 전반을 통틀어 가장 깊은 울림으로 남아 있는 시간은 천안교육지원청 인성체육건강과장(이후, 체육인성건강과장)으로 재직하던 시기였다. 누구보다 치열하게 살았고, 모든 열정을 쏟아부었던 시간이었다. 그리고 어떤 자리에서 무엇을 했던 것보다, 아이들의 생명을 지켜 냈다는 사실 하나만으로도, 이 시기는 가장 큰 보람으로 남아 있다.

그전까지만 해도, 교통사고를 제외하고도 해마다 아홉 명 이상의 아이들이 극단적인 선택으로 세상을 떠나곤 했다. 그 사실은 필자를 절망에 빠뜨렸다. 이대로는 안 된다는 절박함이 온몸을 휘감았다. 우리는 무엇을 하고 있는가. 무엇을 놓치고 있는가. 그렇게 모든 행정과 실천을 생명 중심으로 바꾸기 시작했다.

생명 존중을 교육의 가장 중심에 두기로 했다. 그 무엇보다 아이들의 마음을 지키는 것이 가장 시급한 일이었다. 단기간에 결과를 보이기 어렵다는 비판도 있었지만, 우리는 철저히 아이 한 명, 한 명을 중심에 두고 정책을 설계했다.

무엇보다 중요한 변화는 교육활동의 전환이었다. 아이들이 웃고 떠들고 뛰어놀 수 있는 활동을 교육의 중심에 놓고 가급적 월요일이나 공휴일 다음 날 실시하도록 하였다. 땀 흘리며 함께하는 공동체 활동은 그 어떤 교과서보다 깊은 교훈을 안겨 주었다.

학교의 환경도 바꿨다. 음침한 복도에 밝은 조명등을 설치하고 칙칙한 벽에 생기를 불어넣는 도색 작업을 실시했다. 계절마다 꽃이 피는 교정을 만들고 쉬는 시간마다 음악이 흐르는 공간을 조성했다. 단순한 물리적 변화였지만, 아이들의 표정이 눈에 띄게 달라졌다.

아울러, 학생들에게 선택권과 책임감을 함께 부여하는 프로그램을 설계했다. 방송부, 안전지킴이, 정리 도우미 등 각자의 역할을 가진 소그룹 활동은 자존감을 북돋는 데 탁월한 효과가 있었다. 아이들은 자기가 무언가에 기여하고 있다는 사실만으로도 자신을 다르게 인식하기 시작했다.

학교 안에 언제든지 마음을 털어놓을 수 있는 안전한 공간도 확보했다. Wee센터와 협력해 위기 학생에게 맞춤형 상담과 심리적 안정을 제공했다. 이때 함께한 센터 실장님과 상담 선생님들의 헌신은 지금도 잊히지 않는다. 위기의 순간, 그들은 아이한 명 한 명을 진심으로 안아 주었다. 많은 아이들이 그 품에서 울고 웃고 다시 일어섰다.

그 시절, 우리 부서 직원들 모두가 마음을 다해 아이들을 지켰다. 관내에서 단 한 명의 학생도 극단적인 선택은 물론 교통사고 및 안전 사망 사고 없는 472일. 그것은 단순한 숫자가 아니었다. 그것은 한 사람 한 사람의 아이가, 삶을 포기하지 않고 하루를 더 살아냈다는 증거였다. 그 하루하루는 결국 누군가의 손길로 이어진 기적이었다.

그 모든 시간을 함께한 이들에게 진심으로 고맙다. 특히 Wee 센터 선생님들과 실장님의 헌신은 단순한 행정이 아닌 '사람을 살리는 교육'이 무엇인지를 보여 주었다. 그 당시 지은 시가 생각난다.

<먼저 웃는 사람>

날마다 즐거울 리 없건만,
오늘도 먼저 웃는다.
활짝, 활짝 웃는다.
웃는 이의 가슴은 더 뜨겁다.
망설임도, 주저함도 없이
제 몸 먼저 달군다.

다리미처럼 불덩이 끌어안고
앞서가기 바쁘다.
웃는 이의 가슴은 더 아프다.
"괜찮다."는 말은 핑계일 뿐
제 몸 식힐 틈 없는 선풍기처럼
타는 속 달래며
남 챙기기에 바쁘다.
날마다 즐거울 리 없건만,
오늘도 활짝 웃는다.
먼저.

　지금 다시 교육 현장으로 돌아왔다. 필자가 근무하는 지역은 원도심의 특성이 뚜렷한 곳이다. 중도입국 학생들이 늘고 있고, 생활이 어려운 학생들과 기초학력 미달 학생들도 증가하고 있다. 출발선조차 다르다는 불편함을 느끼지 않도록, 교육과정과 행사, 교육환경 개선에 온 힘을 다하고 있다. 단 한 명의 아이도 소외되거나 상처받지 않도록, 매일매일 학교를 점검하고, 교사들과 머리를 맞대며 변화의 속도를 높여 가고 있다.

　그런 노력의 결실일까. 주변에서 학교를 향한 관심과 열정이 점점 높아지고 있다. 발전 기금을 기탁하는 손길이 늘었고, 교육 가족과 지역사회가 학교를 다시 응원하기 시작했다. 무엇보다도, 아이들의 표정이 달라지고 있다. 아침이면 활기차게 인사하는 아이들, 점점 밝아지는 교실 분위기 속에서 오늘도 희망을 느낀다.

날마다 웃는 일이 쉬운 일은 아니지만, 오늘도 아이들과 함께 웃으며 하루를 지켜 간다. 우리가 만드는 교육이, 이 아이들의 내일을 조금 더 따뜻하게 비추기를 소망하며.

19
삶을 움직이는 교육

도교육청 체육 담당 장학관으로 근무하면서, 체육을 단순한 교과가 아닌 삶의 본질을 움직이는 교육으로 다시 정의하게 되었다. 체육은 단지 몸을 쓰는 시간이 아니라, 마음과 생각까지 움직이는 가장 강력한 교육의 수단이다. 그것을 '체인지(체육+인성+지성)'라는 한 단어로 표현했다.

체육은 인간을 움직이고, 감정을 통합하며, 이성의 방향을 제시한다. 특히 학교체육은 학생들이 몸으로 부딪히고 땀을 흘리는 과정에서, 친구와의 관계를 배우고 사회성을 기르며 도전과 실패, 협력과 인내라는 살아 있는 가치를 익히게 하는 배움터가 된다.

사실 체육에 대한 깊은 관심은 고등학교 시절에 시작되었다. 뜻하지 않은 색약 판정을 받고, 장래 희망을 잃은 채 방황하던 그 시기, 대한민국은 86아시안게임과 88서울올림픽 유치로 들썩이고 있었다. 전 국민이 스포츠를 통해 하나가 되고 있었고 커다란 울림을 주었다. '스포츠가 이토록 사람의 마음을 움직일 수 있다면, 이 길을 걸어야겠다.'라는 결심을 하게 된 것이다.

그때 나의 삶을 이끌어 준 통찰력 깊은 체육 선생님 한 분이 계셨다. 그는 언제나 땀 냄새와 따뜻함을 함께 풍겼고, 학생들과 눈을 맞추며 진심으로 소통했다. 그분을 멘토로 삼아 체육 교사의 길로 들어섰고 마침내 체육 정책을 주도하는 자리에까지 오게 되었다. 그 길은 언제나 감격이었고 감사였다.

체육을 통해 인성과 지성의 변화를 이끌어 내는 수업을 만들고자 했다. 그것은 경기 기술을 가르치는 것에 머물지 않았다. 프로젝트형 수업, 역할 교대 중심의 협동 학습, 문제 해결 중심의 수업을 통해 학생들은 자율성과 책임감, 공정성과 윤리의식을 체득했다. 팀워크 안에서 갈등을 조정하고, 리더십과 팔로워십을 경험하며, 공동체의 일원이 되어 가는 과정을 체육이 안내했다.

이는 교육학적 이론과도 맞닿아 있다. 하워드 가드너의 다중지능이론에서는 신체운동 지능을 인간 지능의 한 유형으로 제시하며, 이 지능은 단순한 체력뿐 아니라 자아 인식과 사회적 관계 형성에도 깊은 영향을 준다고 보았다. 긍정심리학자 마틴 셀리그먼은 긍정적 정서와 몰입, 성취가 조화를 이루는

'PERMA 모델'에서 체육활동이 긍정 정서를 형성하고 사회적 관계를 촉진하는 데 핵심적인 역할을 한다고 강조했다.

해외에서도 이러한 체육의 가치는 정책으로 실현되고 있다. 핀란드는 정규 수업 사이사이에 '활동적 휴식'이라는 개념으로 매일 15분 이상 야외 활동을 의무화했고, 일본은 초등학교부터 체육 교과서를 사회성과 인성을 통합적으로 설계해, 경쟁보다 협동과 배려 중심의 수업을 한다. 미국은 SEL(Social Emotional Learning)을 체육 활동과 결합하여 감정조절과 자기 인식 능력을 체계적으로 교육한다.

현장에는 이러한 철학을 몸소 실천하는 교사들도 존재한다. 필자가 아는 한 후배 체육 교사는 유도선수 출신으로, 수업 시간마다 인성 활동을 자연스럽게 연결하며 아이들과 교감하는 능력이 탁월한 분이다. 그는 군입대를 한 후에도 학생들의 인성을 걱정하며, 진심으로 아이들의 삶을 고민했다. 학교를 옮긴 이후에도 SNS를 통해 제자들의 변화와 성장을 응원하고 격려하며, 교육과 생활을 넘나들며 학생들에게 끊임없는 메시지를 전하는 그의 모습은 많은 선후배 교사에게 귀감이 되었다.

특히 그는 체육 교사 연구모임을 자발적으로 만들었고 그 모임의 이름을 '체인지'라 명명했다. 그 이름은 나의 철학과도 맞닿아 있었고 그 선택에 깊이 감동했다. 그는 단지 실천하는 교사를 넘어, 변화의 씨앗을 뿌리고 있는 교사였다. 이런 실천의 현장이야말로 체육이 교육의 본질을 움직이고 있음을 증명해 주는 살아 있는 사례라 생각한다.

체육은 교육을 넘어 사회 전반에도 영향을 미친다. 매일 정규방송 저녁 뉴스의 스포츠 코너는 단순한 경기 결과가 아니라 국민 정서를 공유하는 창구다. 올림픽에서 애국가가 울려 퍼질 때, 우리는 스포츠를 통해 공동체의 정체성과 자긍심을 느낀다. 우수선수에게 연금이 지급되고, 스포츠가 하나의 산업이 되는 지금, 체육은 문화이자 경제이자 국가의 얼굴이기도 하다.

'체인지'라는 개념은 단순한 언어의 조합이 아니다. 그것은 교육과 사회를 함께 움직이는 거대한 철학이다. 체육을 통해 인성과 지성을 동시에 길러내는 일은 학교 교육의 본질이자, 건강한 공동체를 위한 출발점이다. 그것이야말로 교육이 나아가야 할 방향이라 믿는다.

그래서 필자는 수많은 자리에서 외쳤다. 연단 위에서, 강의실에서, 회의장에서, 심지어 건배의 순간에도. "체육으로, 인성과 지성의 변화를 위하여! 체/인/지!" 이 구호는 나의 철학이자 실천의 언어였고 교육의 변화를 드러내는 깃발이었다.

후배 교사들에게 말하고 싶다. 체육은 가장 진솔한 인간 교육이다. 땀과 눈물 속에서 피어나는 진짜 인성과 지성. 아이들을 뛰게 하라. 움직이게 하라. 그리고 그 속에서 진짜 변화를 마주하라.

학부모와 학생들에게도 전하고 싶다. 아이가 운동장에서 넘어지고, 일어서고, 다시 달리는 그 순간. 한 인간이 사회를 살아가는 법을 배우고 있다. 체육은 단순한 놀이가 아니다. 그것은 삶을 준비하는 가장 정직한 훈련이다.

체육은 곧 변화다. 그리고 체육을 통해 바뀌는 교육, '체/인/지'. 이 세 글자는 생애를 걸고 믿었던 교육의 또 하나의 이름이다. 오늘도 믿는다. 아이들을 뛰게 하는 그 현장이, 바로 세상을 바꾸는 시작이라고.

필자는 체육에 대한 애정과 열정이 남다르다. 기회가 되어 체육 행정의 최고 자리인 체육과장, 학교체육의 요람인 체육고등학교장, 학교체육의 전반을 살피는 학교체육진흥위원회 위원장을 경험하면서 막중한 책임감으로 다양한 사업을 펼쳤다. 단지 경력으로만 '체육 분야 그랜드슬램'을 달성했다는 말로 만족하기보다는, 실제적이고 실천적으로 '체인지'를 구현하고자 교육 인생의 모든 것을 걸었다고 감히 자부한다.

앞으로도 그 사명을 가슴에 품고, 남은 시간을 더욱 충실히, 더욱 진정성 있게 쓰고자 한다. 체육을 통한 변화는 지금도 시작되고 있으며 그 흐름은 우리 모두의 실천 속에서 계속될 것이다.

20
가능성을 열어 주는 진로 교육

체육고등학교 교장으로 재직하면서 진로 교육의 한계와 체육계 특유의 냉혹한 현실을 매일같이 마주해야 했다. 전국 각지에서 체육에 열정을 바친 학생 80명이 입학하지만, 졸업 시점까지 남아 있는 인원은 대개 60여 명 남짓. 이들 중 상당수는 중도에 부상이나 경기력 한계 등으로 좌절을 경험하고, 그간 갈고 닦아 온 시간이 방향을 잃은 채 흩어지는 과정을 겪는다. 운동 외에 다른 선택지가 없던 학생들이기에, 진로의 단절은 곧 정체성과 미래에 대한 깊은 상실로 이어지곤 했다.

과거에는 학업 성적이 부족하거나 가정 형편이 여의치 않은 학생들이 체육을 대안으로 삼는 경우가 많았다. 하지만 오늘날 체육은 더 이상 그런 '탈출구'가 되어서는 안 된다. 체육은 무엇보다 강한 적성과 훈련에 대한 집중력이 필요한 영역이며, 진로 선택의 기준은 '못하니까 하는 것'이 아닌, '정말 잘할 수 있기 때문에 선택하는 것'이어야 한다. 바로 그렇기에 학교, 학부모 그리고 무엇보다 체육 교사는 학생 한 사람 한 사람의 적성과 잠재력을 깊이 이해하고 그것에 기반한 진로 방향을 함께 설계해 줘야 하는 책임이 있다.

이러한 문제의식 속에서 체육건강과장으로 자리를 옮긴 이후, 보다 과학적이고 구조적인 진로 지원책의 필요성을 절감하게 되었고, 충남스포츠과학센터와 협력하여 '운동 적성검사'를 도입하였다. 이 검사는 단순한 체력 측정이 아니라 심리 안정성, 사회성, 팀워크 역량 등 다양한 요소를 정량적으로 분석하여 학생 개개인의 적성을 더욱 입체적으로 이해할 수 있도록 설계하였다. 이는 단순히 경기력이 뛰어난가를 넘어서, 운동선수로서의 지속 가능성과 발전 가능성을 동시에 진단하는 시스템이었다.

도입 초기부터 이 검사는 예기치 못한 가치를 보여 주기 시작했다. 한 학생은 운동 실기에서는 중상위권이었지만, 정서 안정성 지표에서 높은 수치를 보였고, 팀 내 갈등을 조정하는 능력과 공동체 의식 면에서도 탁월한 평가를 받았다. 이후 그는 스포츠심리학에 관심을 갖게 되었고, 대학 진학 시 체육교육학과가 아닌 상담심리학과를 선택하여, 현재는 중학교에서 학생 상담 교사로 활동하고 있다. 운동을 완전히 벗어난 것이 아니라 체육을 매개로 자신만의 길을 찾아낸 사례였다.

이처럼 진로란 고정된 목적지가 아닌, 경험과 성장에 따라 유동적으로 변화하는 여정이다. 교육은 이 여정에 다양한 실질적 선택지를 제공해야 하며, 특히 체육 교사는 단순히 수업을 잘 운영하는 것을 넘어 학생 한 명, 한 명의 삶의 방향을 안내하는 안내자가 되어야 한다. 진로 교육은 학생에게 정답을 주는 것이 아니라 끊임없이 질문을 던지고 선택지를 열어 주는 과정이다.

운동선수 출신 학생 중에는 강인한 체력뿐 아니라 사회성, 표현력, 기획력까지 겸비한 경우가 많다. 이들은 예능, 방송, 콘텐츠 제작 등의 분야에서도 충분히 역량을 펼칠 수 있는 자질을 갖추고 있다. 실제 사례를 들자면, 서울체육고등학교 출신 김요한은 태권도 선수 출신으로 아이돌 그룹(엑스원) 멤버로 활동하며 무대에서의 집중력과 표현력을 유감없이 보여 주고 있다. 농구선수 출신 서장훈은 은퇴 후 방송인으로 전향하여 특유의 입담과 사회성으로 대중의 사랑을 받고 있다. 이들의 성공은 단순한 전향이 아니라 체육이라는 기반이 다양한 분야로의 확장을 가능케 했다는 점에서 진로 교육의 방향성과 일치한다.

해외에서도 진로 교육을 장기적 성장 관점에서 실현하는 사례가 늘고 있다. 핀란드는 초등 저학년부터 진로 탐색 과정을 정규 교육과정에 통합하고, 매년 포트폴리오를 통해 개인의 강점과 흥미를 누적 기록하게 한다. 독일의 듀얼 시스템은 학교 교육과 기업 현장 실습을 병행하며, 학생이 실제 경험을 통해 직업 선택을 판단할 수 있도록 돕는다. 이는 진로가 이론적 정보 전달이 아니라 현실적 경험과 탐색을 기반으로 이루어져야 함을 보여 주는 제도다.

현장에서 체육 교사로 근무하며 진심으로 학생을 바라본다면, 결국 한 가지 진리를 마주하게 된다. 체육 교사의 가장 중요한 책무는 아이들이 체육을 통해 자신을 발견하고, 삶의 방향을 스스로 선택할 수 있도록 돕는 것이다. 수업을 잘 이끄는 것도 물론 중요하지만, 한 학생의 적성을 발견해 주는 일이야말로 가장 적극적이고 의미 있는 교육활동이다.

현재는 체육이라는 하나의 길로 시작했지만, 이제는 운동선수 출신 의사, 법률가, 콘텐츠 제작자, 예술가가 속속 등장하는 시대다. 과거에는 체육이 하나의 선택지였다면, 이제는 체육을 통해 어떤 길이든 나아갈 수 있는 가능성의 통로가 되고 있다. 실제로 한 체육고 출신 학생은 고등학교 시절 운동을 병행하면서도 학업과 진로 설계를 포기하지 않고 대학에서 물리치료학을 전공했다. 현재 그는 병원에서 선수 재활을 담당하며 자신의 경험을 후배 선수들에게 실질적으로 돌려주는 삶을 살고 있다.

현장에 있는 체육지도자들은 오늘도 묵묵히 어린 선수들의 꿈을 실현시키기 위해 밤낮없이 애쓰고 있다. 아이들의 부상과 심리적 위기, 경쟁의 압박 속에서 무너지지 않도록 지켜 주는 보호막이 되어 주는 이들. 또 한편으로는 '공부하는 학생선수상'을 학교 현장에 정착시키기 위해 고군분투하는 체육 선생님들의 헌신은 실로 눈물겹다. 이들의 노력은 모두 맞는 결정이었고 지금의 교육 현장을 현명하게 이끌어 가는 선택이었다.

우리는 이제 단지 우수선수를 발굴하는 것을 넘어, 한 사람의 삶 전체를 바라보는 관점으로 체육교육을 바라봐야 한다. 운동을 잘해서 선택하는 것이 아니라 가장 가능성이 있는 아이들이 운동을 선택할 수 있도록 환경을 조성해야 한다. 그리고 그 선택이 좁은 통로가 아닌, 수많은 삶의 문으로 연결되도록 만드는 것이 우리의 몫이다. 체육은 하나의 길이 아니라 다양한 삶의 가능성을 품고 있는 출발점이다.

진로 교육은 결국, '어떤 직업을 가질 것인가?'가 아니라 '어떤 삶을 살고 싶은가?'에 대한 질문이다. 체육은 그 질문에 가장 치열하게 부딪힐 수 있는 장이다. 그러므로 체육 교사 한 사람의 진정성이 아이의 삶을 바꾼다. 진심으로 학생의 가능성을 믿고 그 가능성과 함께 뛰는 사람 그가 바로 오늘날 가장 필요한 교육자다.

21

교육의 또 다른 이름 건강

필자는 코로나19라는 국가적 위기 상황 속에서 학생들의 건강권을 지켜내야 하는 중대한 책무를 안고 체육건강과장으로 근무했다. 체육, 보건, 급식을 통합적으로 다루는 이 부서에서의 경험은 교육행정의 최전선이자 삶의 현장이었다.

당시 맡은 첫 번째 과제는 코로나19 대응이었다. 감염병의 확산을 막기 위해 주말과 공휴일도 없이 상황실을 가동했고, 시군교육청에 거점형 간이 검사소를 설치하며 방역물품과 장비를 신속히 지원했다. 단순히 행정을 하지 않았다. 직접 현장을 뛰며 실천하는 손과 발이 되었다.

이 시기를 거치며 우리는 감염병의 시대에 살고 있음을 뼈저리게 깨달았다. 사스(2003), 신종플루(2009), 메르스(2015), 코로나19(2019)에 이르기까지 인류는 반복되는 팬데믹의 파고를 겪어 왔고, 이는 단순한 일시적 위기가 아니라 일정한 주기와 사이클을 지닌 구조적 위협임이 분명해졌다. 이제 이 보이지 않는 감염병의 흐름은 개인의 건강관리 차원을 넘어, 국민 전체의 건강을 지키는 국가적 과제가 되었으며, 교육 또한 그 영향에서 결코 자유로울 수 없다.

파견교사 시절 전국체전 기획 업무로 치열한 현장을 누비며 얻은 연골연화증은 끝내 퇴행성 관절염으로 발전했다. 교육 전문직으로 전직한 후에는 직업적 특성 탓에 잇몸이 약해져 1~2년에 한 번씩 임플란트를 식재해야 했다. 이어 도교육청 과장으로 재직하며 겪은 극심한 스트레스는 만성 위염과 장상피화생을 불러왔고, 역류성식도염까지 겹치며 일상 전반에 큰 영향을 미쳤다. 삶의 질은 점차 떨어졌고, 늘 건강에 대한 긴장감을 안고 살고 있다.

전에 근무하던 체육고등학교 보건실 앞에는 "후회를 모르는 사람도 건강을 잃으면 후회한다."라는 문구가 있었다. 건강은 잃고 나서야 그 무게를 실감하게 된다는 말을 누구보다도 깊이 체감했다. 더 이상 나빠지지 않기 위해 새벽 수영으로 하루를 시작하고, 악기 연주, 바이크 라이딩 등으로 스트레스를 줄이려 애썼다. 하루 일정을 느슨하게 계획하며 강박을 누르려 해도, 노력과 상관없이 몸이 예전보다 나아지지 않는다는 현실을 마주하게 된다.

그렇게 긴 시간 동안 자신의 건강과 싸우며 살아온 필자는, 이제 기회가 있을 때마다 주변 사람들에게 조용히 말한다. 건강은 절대 회복탄력성이 없으니 제발 지금부터라도 잘 지켜야 한다고. 그렇게 충고하는 것이 어느새 일상이 되었다.

그래서일까. 교실에 앉아 있는 아이들을 바라볼 때면, '건강은 건강할 때 지켜야 한다.'라는 신념이 마치 본능처럼 작동한다. 그 아이들이 무결점으로 자라나기를 바라는 마음은, 단순한 교육자의 소망이 아니라, 한 인간으로서의 간절한 기도다.

학생들의 건강을 위한 지속 가능한 구조를 고민하기 시작했다. 급식 조리학교 전체에 위생 관리 시스템을 도입하여 식중독 사고 예방에 주력했고, '건강걷기 365 프로그램'으로 학생들에게 일상 속 건강 실천을 유도했다. 이 모든 정책의 중심엔 '건강이야말로 가장 중요한 교육 자산'이라는 신념이 있었다.

건강의 중요성을 깨닫고 실천할 수 있도록 '학생건강교육센터' 설립을 추진했다. 체육은 체력 증진, 보건은 안전 관리, 급식은 식생활 지도라는 역할로 각기 독립되어 있지만, 실상 건강이란 이 모든 요소가 통합적으로 작동할 때 지켜진다. 우리는 교육에서 과목을 나누는 데 익숙하지만, 학습자에게 그것을 다시 통합해 주는 과정은 너무도 부족하다. 그래서 이 체험관에서 영양교사, 보건교사, 체육 교사가 하나의 팀으로 아이들 건강 상태를 종합적으로 진단하고, 그에 맞는 맞춤형 처방을 제시하는 시스템을 도입하고자 했다. 단순히 정보를 제공하는 데 그치지 않고, 학생들이 실제로 자신의 건강을 관리하고 개선해 나가는 과정을 직접 체험할 수 있도록 설계한 것이다. 이러한 노력을 통해, 건강교육의 새로운 패러다임을 제시하는 출발점이 되기를 바랐다.

교육 현장을 들여다보자. 수업 중 사탕이나 과자를 보상 수단으로 사용하는 교사들, 아침을 거르거나 편의점 식품으로 끼니를 때우는 학생들, 학급 운영비를 '먹는 것'에 사용하는 편의주의는 학생 건강에 대한 교육계의 무지와 방조를 드러낸다. 특히 소아당뇨와 비만이 사회적 문제로 떠오르고 있음에도 교육 현장은 여전히 무관심하다.

충남체고에서 교장으로 재직하던 시절, 아이들이 교장실에 부담 없이 드나들 수 있도록 사탕이나 과자 중심의 다과 바구니를 준비해 놓고 기다렸던 경험이 있다. 지금 돌이켜 보면, 왜 그런 방식 외엔 생각하지 못했는지, 다른 방법은 없었는지 후회스럽기만 하다.

마지막 학교에서 근무하며 아이들의 건강이 더욱 소중하게 느껴진다. 그래서 교직원들에게 입버릇처럼 말한다. 수업 보조 자료나 등굣길 캠페인 활동에서 당류나 탄산음료는 지양하고, 검증되지 않은 외부 음식이 교내에 반입되지 않도록 우리 스스로 지키자고. 부임한 지 2년째에 접어들면서 이곳저곳에서 서서히 변화의 물결이 일고 있다. 현실을 직시하고 문제의식에 동참해 주는 교직원들이 그저 감사할 따름이다.

학생 건강은 단순한 건강 문제가 아니다. 학생의 미래에 직결되는 기회비용 문제다. 건강을 잃은 아이는 결국 교육의 기회도 삶의 가능성도 제한된다. 그러므로 학생 건강을 지키는 일은 교육의 질을 높이고 미래 사회의 부담을 줄이는 가장 확실한 방법이다. 우리는 오래도록 "영재 한 명이 백만 명을 먹여 살린다."는 말을 들어 왔다. 그러나 이제는 관점을 바꿔야 한다. "건강하지 않은 한 사람이 백만 명의 세금에 영향을 미친다."는 사실을 직시할 필요가 있다. 국가적 차원에서 건강관리를 하지 않는다면, 미래 사회는 훨씬 더 큰 복지 비용과 경제적 손실을 감당해야 할 것이다.

이 점에서 해외의 건강교육 정책은 좋은 참고가 된다. 일본은 아침식사 결식률이 높은 청소년을 대상으로 '조식 운동'을 실시하여 학교 내 무료 아침 식사를 제공하며, 식습관 형성을 국가 정책으로 삼고 있다. 핀란드는 초등학생에게 무료 급식뿐만 아니라 영양교육을 정규 교과에 편성하여 학생들이 스스로 건강을 선택할 수 있도록 한다. 이러한 접근은 예방 중심의 건강 정책이 교육 속에 어떻게 구현될 수 있는지를 보여 준다.

이처럼 건강은 단지 하나의 가치가 아니라 이제는 교육의 필수 기반이 되어야 한다. '백세시대'라는 말은 흔해졌지만, 단순히 숫자로서의 백세가 중요한 것이 아니다. '어떻게 건강하게 백 년을 살아갈 수 있을 것인가'가 진짜 질문이다. 그러기 위해선 먼저 교육이 바뀌어야 한다. 건강하게 백 년을 살아내기 위한 교육, 그것이 바로 건강교육이어야 한다는 게 필자의 생각이다.

이런 변화를 체감하게 해 준 아주 작지만, 인상적인 장면이 있었다. 함께 근무했던 한 영양교사는 급식 메뉴로 상추쌈이 나오는 날이면, 교내 방송으로 아이들에게 "깨끗이 손 씻고 급식실로 와 주세요."라고 부드럽고 따뜻하게 안내하곤 했다. 화려한 구호도 강압적인 메시지도 없이. 하지만 그 섬세한 배려는 어떤 캠페인보다도 교육적이고 가치 있었다. 건강이란 그런 것이 아닐까. 거창한 정책보다 저마다 작은 습관의 변화에서 시작되는 것.

이제는 건강을 단지 정보로 주입하는 교육이 아니라, 학생의 삶에 녹아든 실천으로 바꾸어야 한다. 교과 간 통합을 통해 학생 개개인의 몸과 마음을 살피고, 실질적인 체험과 피드백을 제공함으로써 건강이 곧 교육의 시작이자 끝임을 인식시켜야 한다.

교사는 학생의 몸과 마음을 함께 들여다볼 수 있어야 하며, 학부모는 가정에서부터 아이들의 생활 습관을 바로잡는 데 주체적으로 나서야 한다. 학교는 단지 정책을 집행하는 기관이 아니라 건강과 삶의 가치를 실현하는 공동체여야 한다.

　학생 건강을 지키는 일은 단순한 복지나 서비스가 아니라 미래를 위한 투자이자 기회비용을 줄이는 가장 확실한 방법이다. 우리 모두 이 책임을 공유할 때, 비로소 학교는 진정한 배움의 공간이 될 수 있다.

22
사람을 위한 행정

제32대 서산교육지원청 교육장으로 부임했던 해는 유난히 상징적인 사건들이 많았던 시기였다. 3년여에 걸쳐 이어졌던 코로나19가 마침내 해제되었고, 서산교육지원청은 개청 70주년을, 그리고 현재 사용하고 있는 청사 건립 40주년을 맞이하였다.

부임하던 해에 개청 70주년을 기념하는 식수 행사를 했다. 현재 청사에 대한 본격적인 고민도 함께 시작하게 되었다. 건물은 노후화되고, 공간은 점점 협소해졌기 때문이다. 특히, 교육정책의 변화에 따라 Wee센터, 특수교육지원센터, 학부모지원센터, 유아교육센터, 학교지원센터 등 다양한 조직이 신설되거나 확대되었고, 이에 따라 인력도 꾸준히 증가하였다. 그러나 이에 걸맞은 공간 확충은 이루어지지 않아, 사무공간은 물론 회의 공간조차 충분치 않아 열악한 근무 환경이 지속되어 왔다.

이러한 상황을 해소하기 위해, 도교육청 업무보고 및 교육정책 보고 시 '청사 확충 방안'을 서산교육지원청의 주요 현안 사업으로 상정하여 본격적으로 가시화하였다. 당시에는 여러 대안 가운데 지자체와의 협력을 통한 복합시설 건립 방안도 함께 논의되었고, 이를 구체화하기 위한 실질적이고 진지한 협의 또한 수차례 이루어졌다.

그러나 신년도 예산 편성을 위한 각종 회의에서 '초긴축재정'이라는 강력한 재정 운영 방침이 중심 기조로 자리 잡게 되었고, 이러한 흐름 속에서 우리 교육지원청의 기본계획 역시 더 이상 진전을 이루지 못한 채 멈춰 서게 되었다.

결국 아무런 성과도 없이 교육장 일을 내려놓게 됐다. 지금도 그게 참 많이 아쉽다. 시대 흐름과 예산 문제 때문에 어쩔 수 없었다는 건 알지만, 그래도 좀 더 뚜렷한 방향이나 토대를 남기고 나왔으면 어땠을까 하는 생각이 자꾸 든다. 그 미련이 쉽게 사라지질 않는다.

어려운 여건 속에서도 교장단 회의나 학부모 회의처럼 많은 인원이 참석하는 외부 행사가 있을 때마다, 직원들은 누구보다 먼저 자발적으로 차량을 이동시키며 주차 공간을 양보해 주었다. 불편을 감수하면서도 당연한 일처럼 움직이던 그 모습은 지금도 선명하게 남아 있다.

이처럼 모두가 자발적인 배려와 헌신으로 '다 함께 성장하는 어울림 서산교육'의 진면목을 몸소 느낄 수 있었기에, 감사한 마음을 전하지 않을 수 없다. 비록 큰 그림을 완성하지 못한 채 떠나게 되었지만, 서산교육지원청 구성원들의 따뜻한 연대와 헌신은 앞으로도 서산교육의 미래를 밝히는 가장 든든한 기반이 될 것이라 믿어 의심치 않는다.

교육청 내부로 시선을 돌리자, 함께 근무한 장학사님 중, 요즘 세상에선 좀처럼 보기 힘든 추진력과 친화력을 동시에 갖춘 분이 계셨다. 맡은 바 업무에 대한 책임감은 물론, 그 일을 바라보는 통찰력 또한 남달랐다. '학교 가는 길 음악봉사단'도 그분의 기획력과 추진력이 있었기에 가능했다. 봉사단장을 자처하며 교육청의 기능적 범위를 확장시켰고, 교육 가족과 지역사회의 적극적인 호응을 이끌어 내는 창의력은 감탄을 자아냈다. 현재는 도교육청에서 교육정책을 주관하는 부서에서 근무 중이신데, 교육계 선후배들로부터도 높은 평가를 받는 분이다. 그런 분과 함께 같은 시기에 호흡하며 근무할 수 있었던 것은 내게도 큰 행운이었다.

행정의 핵심은 '작동하는 것'이다. 매일 아침 '1일 1교 둘러보기'를 실천하며, 현장의 목소리를 직접 들었다. 교육특구 지정, 역사 문화탐방 프로그램, 초등 통학버스 개선 등도 모두 현장을 걷고, 직접 만나고, 실용적인 해법을 찾으려 한 결과였다.

다양한 직위를 거쳐 이 자리에 이르렀지만, 결국 가장 위대한 자리는 교단이라는 것을 잊지 않았다. 현장 교사의 마음이 움직이지 않으면, 어떤 정책도 교실에 들어갈 수 없기 때문이다. 그래서 인간의 마음을 어떻게 움직일 수 있을지, 끊임없이 고민했다. 과업 지시형 리더십보다 인간 친화적 리더십이 바람직하다는 걸 알면서도, 막상 현실에서는 잘 실천하지 못한 아쉬움도 남는다.

교육청에는 교사 출신 전문직과 일반행정직 사이의 문화적 차이도 있다. 그 차이를 넘어서 서로의 장점을 배우고, 보완하며 협업하려 노력했다. 교육장은 단지 지휘하는 위치가 아니라 모든 구성원이 제자리에서 자부심을 느끼고 돌아갈 수 있도록 돕는 조율자의 자리였다. 소외감을 느끼는 직원이 없도록, 상대적 박탈감이 들지 않도록 특히 신경 쓴 것도 내 역할 중 하나였다. 모든 톱니바퀴가 매끄럽게 작동하려면, 한 조각도 빠짐없이 제 기능을 해야 하기 때문이다.

행정직 공무원들로 구성된 '서산교육행정나눔회'를 소개한다. 필자가 알던 당시 기준으로 이미 15년간 활동을 지속하고 있었다. 연탄 나눔, 장학 지원은 물론 봉사활동을 자발적으로 실천하는 순수 봉사단체였다. 그 헌신과 열정에 깊은 감명을 받았다.

이와 더불어, 교육청 차원에서도 특별한 행정 지원 시스템이 작동되고 있었다. '관리 행정지도'라 명명된 이 제도는 분기별로 관내 12개 학교를 직접 방문하여, 학교 회계, 복무, 시설관리, 안전 점검 등 행정 전반에 걸친 현장 지도를 시행하는 방식이다. 이는 단순한 행정지도를 넘어, 위험 요소를 사전에 제거하고 예방 감사 기능까지 수행함으로써 학교 행정의 안정성과 효율성 제고에 크게 기여하고 있었다.

한 가지 소회를 덧붙이고 싶다. 교육장으로 재직하면서 각종 행사장의 초청을 많이 받았다. 그중 일부는 교육과 직접적인 관련이 없는 자리도 있었는데, 나름의 기준을 세워 냉정하게 참석 여부를 판단했다. 아이들과 관련된 행사인가, 학교나 교육청과 직접적인 관련이 있는가를 기준으로 삼았다. 혹여 주변의 오해를 살 수 있다는 걱정도 있었고, 공직자로서 신중하고 투명해야 한다는 의무감도 컸다. 그러나 시간이 지나 돌이켜 보니, 지역사회의 작은 행사일지라도, 그들의 요청에 힘을 실어 주고 좀 더 활발하게 움직여야 하지 않았을까 하는 아쉬움이 밀려온다. 혹시라도 그때 박절하게 거절함으로써 서운함이나 오해를 불러일으킨 분이 계셨다면, 이 기회를 빌려 진심으로 이해를 구하고 싶다.

공직자에게 가장 필요한 것은 '겸손한 품격'이다. 그 품격은 실적이 아니라, 사람을 대하는 태도에서 드러난다. 교사의 위대함은 책상 앞에서 아이들을 일으켜 세우는 데서 나온다. 어떤 정책도 교사의 손을 거쳐야 생명이 붙는다. 그리고 그 손을 움직이게 하는 힘은 '신뢰'와 '공감'이라는 인간의 감정이다.

　다시 사람을 위한 길을 걷고자 한다. 품격 있는 공직 생활이란 결국 사람을 존중하고 사람을 중심에 두는 삶이라는 것을 믿기 때문이다.

23

그래도, 교육이다

요즘 길을 걷다 보면 곳곳에 이런 펼침막이 붙어 있다. '○○학교 개교 100주년'. 한 세기 전, 조선 땅에 근대 교육의 씨앗이 뿌려졌고, 우리는 그 뿌리 위에서 학교라는 공간을 성장의 무대로 삼아 살아왔다. 백 년이 흐른 지금, 대한민국은 명실상부한 문화강국, 경제 대국, 스포츠 강국으로 발돋움했다.

세계 최고 수준의 인터넷 속도, 어디서든 배움이 가능한 디지털 인프라, 무상교육과 무상급식까지 완비된 공교육 체계, 이 모든 것의 출발점은 다름 아닌 '교육'이었다.

하지만 필자는 한편으로 자주 묻는다. 그럼에도 왜, 학생은 학생대로 "힘들다." 하고, 교사는 교사대로 "지쳐 있다."라고 말하며, 학부모는 불안과 불만을 호소하는가? 왜 우리는 모두 교육이 어렵다고 느끼는가?

　기술은 진보하고 세상은 더 편리해졌는데, 정작 교육의 온도는 예전보다 차가워진 것만 같다. 성적이 아니라 표정이, 실적이 아니라 관계가, 경쟁이 아니라 성장이 사라지는 교실. 우리는 어쩌면 너무 많은 것을 이루는 사이, 교육이 지켜야 할 본질을 잠시 놓친 건 아닐까.

　교단에서의 마지막 여정을 걸으며, 그 질문에 스스로 답하고 싶었다. 그래서 정책의 자리에서 내려와 학교로 돌아왔고 교실로 발을 들였다. 아이들을 눈앞에 두고 다시 '교육이란 무엇인가'를 묻기 위해서였다.

　돌이켜 보면 거창한 일을 한 것이 아니다. 등굣길에 아이들 눈을 맞추며 인사하고, 학생회의 목소리를 학교 운영에 담고, 꽃을 심고, 마음을 읽어 주는 것. 사소해 보일지 모르지만, 그 모든 것들이 교육의 체온을 되살리는 일이었다. 그리고 깨달았다. 교육은 거대한 개혁이나 이상적인 정책에서 오는 것이 아니라 작지만, 구체적인 진심에서부터 시작된다는 걸.

　그리고 그 깨달음의 순간마다 늘 곁을 지켜준 분이 있다. 바로 함께 근무하고 있는 교감 선생님이다. 교감 선생님은 진정한 교육자로서의 길을 묵묵히 걸으며, 조직을 변화시키고 학교문화를 따뜻하게 바꾸고 있다. 늘 부족한 부분을 먼저 채우려 하고 선생님 한 분 한 분의 마음을 읽으며 자신의 수고는 아랑곳하지 않고 존중과 존경으로 조직을 이끄신다. 가감 없는 진심과 특유의 친화력은 학교 전체를 하나로 엮고 아이들과 선생님 모두를 안심시켜 주는 힘이 있다.

어느 날은 교문 앞에서 환하게 웃으며 학생들을 맞이하고, 또 어느 날은 아무도 보지 않는 구석에서 정리 정돈을 하시며 또 어떤 날은 아이들 교실을 조용히 둘러보시며 따뜻한 미소를 나눠 주신다. 그 덕분에 우리 아이들 표정이 눈에 띄게 밝아지고 학교에 웃음이 피어난다. 지금 이 자리에서 아이들과 함께할 수 있음에 기쁨을 느끼시는 그 모습은 교육자의 본질을 다시금 깨닫게 만든다.

우리 학교에 오랫동안 남아 있던 게으른 아침 등교 시간의 낡은 전통도 교감 선생님의 솔선수범과 선생님들의 이해와 협조로 새롭게 태어났다. 지금은 아이들이 시간을 지키려 애쓰고, 1분 1초를 아껴 가며 교문을 향해 달려오는 그 변화의 물결 뒤에는 교직원 모두의 조용한 숨결이 있었다. 아이들의 눈동자가 반짝이고 하루의 목표가 뚜렷해지고 교정이 활기차게 살아나는 그 시작점에 '진심'이 있었다.

조용히 책상을 정리할 준비를 한다. 그러면서도 마음속엔 확신이 있다. 교육은 여전히 이 나라의 가장 위대한 희망이라는 것.

우리는 근대 교육 100년의 결실로 세계가 놀랄 만한 성과를 만들어 냈다. 경제는 기적이라 불릴 만큼 도약했고, K-팝을 필두로 K-컬처, K-푸드, K-방산에 이르기까지 한국의 우수성이 전 세계에 알려졌다. K-콘텐츠는 전 세계의 언어와 감성을 뒤흔들었고, PISA 성적, 태권도의 세계화, 노벨 문학상 수상, 그리고 세계 IT산업을 선도하는 기업들까지, 이 모든 자랑 뒤에는 반드시 '교육'이라는 배경이 자리했다.

특히 과거 수월성 교육에 치중하던 우리 교육이 점차 다양성을 존중하기 시작하면서, 창의력과 개성을 꽃피운 인재들이 세계 무대에서 활약할 수 있었고, 이는 곧 대한민국을 글로벌 선도 국가로 우뚝 세운 원동력이 되었다.

교사는 스승 '사(師)' 자를 쓰는 몇 안 되는 직업 중 하나다. 의사, 목사, 그리고 교사. 그중 교사는 인간의 '가능성'을 다루는 존재다. 이보다 위대한 일이 있을까? 그것이 곧 천직이라 믿는다.

물론 교육 현장은 언제나 녹록지 않다. 지금도 매일 수많은 교사들이 현실의 벽에 부딪히고 감정노동의 한계를 느끼며, 아이와 부모 사이에서 갈등을 경험한다. 그러나 아이들과 함께 살아가는 그 시간 속엔 여느 직업에서는 느낄 수 없는 깊고 묵직한 보람이 숨어 있다. 아이들은 가능성 덩어리다. 오늘 말 한마디가 내일의 방향을 바꾸고, 오늘의 관심이 평생의 자존감을 만들어 낸다.

우리는 AI와 디지털 문명이 빠르게 확장되는 시대에 살고 있다. 『학교 가는 길』 역시 이러한 변화 속에서 그 도움을 받고 있다. 그러나 시대가 어떻게 변하든, 인간을 인간답게 만드는 마지막 열쇠는 결국 '교육'이다. 지식을 넘어 지혜를, 기술을 넘어 감성을, 경쟁을 넘어 공존을 가르치는 일. 그것이야말로 미래 시대에 더욱 절실한 교육의 역할이다.

필자는 평생을 걸쳐 그 일을 해 왔다. 정책을 만들고 학교를 경영하고 교실을 지켰다. 그리고 이제, 후배 교사들에게 한마디를 남기고 싶다.

"지금 아이에게 건네는 따뜻한 말 한마디, 그 작은 눈 맞춤이 결국 세상을 바꿉니다."

나가는 글

"학교 다녀왔습니다."

이 말은 단지 집으로 돌아왔다는 인사 이상의 의미를 지닌다. 오랜 교직 생활을 마무리하며, 그 한마디를 마음 깊이 담아 조용히 되뇌어 본다. 수많은 아침을 "학교 다녀오겠습니다."로 시작했다면, 이제는 "학교 다녀왔습니다."라는 인사로 그 여정을 마무리할 시간이다.

교사로서의 길은 절대 가볍지 않았다. 아이들 앞에서는 늘 따뜻한 어른이고자 했고, 교육행정의 자리에서는 모든 아이가 행복하게 학교에 다닐 수 있도록 치열하게 고민하고 실천해 왔다. 그 시간은 끊임없이 성찰하게 했고, 때로는 뜻밖의 순간에 진실을 마주하게 했다. 「학교 다녀왔습니다.」라는 인사를 하며 정든 교정을 떠나야 할 시간.

‘학교’에서의 순간들을 되짚으며, 그 속에서 얻은 소중한 교훈들을 함께 나누고자 했다.

수많은 얼굴들이 떠오른다. 설렘 가득 입학하던 아이들, 혼란 속에서도 길을 찾으려 애쓰던 동료들 그리고 묵묵히 제자리를 지키며 함께 걸어 준 이들. 그들 모두가 ‘학교 가는 길’을 환히 비춰 준 고마운 존재들이었다. 그 길 끝에서, 여정이 헛되지 않았음을 조심스레 되뇌어 본다. 아이들에게 전하고자 했던 사랑과 믿음 그것은 언젠가 다시 누군가의 새로운 시작으로 이어질 거라 믿는다.

이제는 걸어온 길을 한 발 물러나 바라보며, 앞으로 그 길을 걸어갈 누군가에게 조용히 응원의 말을 건넨다.

길은 멈추지 않는다.

진심이 있다면, 그 어디든 배움의 길이니까.

그리고 한 가지 바람이 있다면, 학교 가는 길이 여전히 설렘으로 남아 있기를 바란다. 선생님이든 학생이든, 학부모든 그 길 위에서 서로를 바라보며 함께 걷는 존재임을 잊지 않았으면 한다. 아이들에게는 배움의 공간이자 안전한 울타리로, 교사에게는 사명을 실현하는 행복한 터전으로, 그리고 모두에게는 희망을 품고 나아가는 미래의 길로서, 학교가 그렇게 남기를 소망한다.

“학교 다녀왔습니다.”

“참 행복하고 고마웠습니다.”

“부디, 따뜻했기를 바랍니다.”

추천 글

이정문(서울 면동초등학교 교사)

1부는 저자의 학창 시절이 생생하게 그려지듯 술술 읽히고, 2부는 한 문장 한 문장이 묵직하게 마음에 다가온다. 저자의 삶을 따라가며 같은 시대를 살아온 교사로서 깊은 공감과 반가움을 느낄 수 있었다. '마음의 넓이'와 '품'에 대한 이야기를 읽으며, 나 역시 교사로서 누군가에게 그런 품이 되어 주었는지 돌아보게 되었다. 방과 후에 학생 선수를 지도했던 경험이 있어, 스포츠와 관련된 이야기는 특히 더 가깝게 다가왔다. 저자의 실천적 행정과 교육에 대한 깊은 성찰은 지금 현장에서 아이들과 마주하고 있는 교사들에게 따뜻한 격려이자 든든한 응원이 되어 줄 것이다.

김광현(여해학교 교사)

『학교 가는 길』은 '교육이란 무엇인가?'라는 질문을 던지고 그 답을 찾아가는 여정이다. 교사에서 교육 행정가, 그리고 다시 현장으로 돌아오기까지 저자는 흔들림 없이 교육의 본질을 붙들고 있다. 수업과 행정, 사람과 제도 사이에서 균형을 고민하는 과정은 오늘날 교직의 현실과 깊이 맞닿아 있다. "교육은 지식을 넘어 지혜를, 기술을 넘어 감성을, 경쟁을 넘어 공존을 가르치는 일"이라는 문장은 교직의 의미를 되새기게 한다. 이 책은 교직을 '사람을 잇는 일'로 바라보게 하며, 후배 교사들에게는 길을 비추는 빛이자 거울이 되어 준다.

서정숙(충남교육청 정책기획과 장학사)

"유능한 선장은 폭풍 속에서 드러난다."라는 말처럼, 저자는 코로나19의 어려움과 많은 민원 속에서도 흔들림 없이 교육 현장을 지켜 냈다. 기울어진 운동장을 바로잡기 위해 치열하게 고민하고 실천했으며, 교육은 '학생'이 중심이라는 신념으로 본질을 추구하기 위해 노력했다. 속도보다 지속 가능함을, 권위보다 실용을 선택한 행정은 많은 이에게 깊은 인상을 남겼다. 이 책에는 교육은 행정의 대상이 아니라 삶의 중심이라는 저자의 철학이 담겼으며, 그런 실천의 시간을 담은 기록이다. 실적보다 가치를, 말보다 실천을 선택한 그 경험이 후배에게 큰 울림으로 다가온다.

우혜경(서산부춘중학교 수석교사)

'어떻게 해야 단 한 명도 소외되지 않는 교육을 할 수 있을까?' 질문에 답하기 위해, 저자는 오늘도 등굣길의 학생들에게 이름을 불러 주며 설렘을 선물하고 있다. 초등학교 시절 느꼈던 소외감, 오락부장이라는 책임감에 짓눌려 학교 가는 길을 벗어났던 경험은 훗날 사람을 키워내고 싶은 열정의 씨앗이 되었다. 교사가 된 후 '완벽이 아니라 진심이다.'라는 신념으로 학생을 존재로 피워 주는 교육을 실천했다. 교육 현장의 어려움을 보듬고 실질적인 정책을 펼치기 위해 치열하게 고민했던 그는 다시 학교로 돌아왔다. 그리고 교장실 벽에 있는 전교생의 사진을 보며 이름을 외우는 그의 열정은 아직도 식지 않았다. 교육에 대한 저자의 고민과 진솔한 삶이 담긴 이 책이 퍽퍽한 교직의 길을 걷는 이들에게 든든한 디딤돌이 될 것이다.

서장원(공주교육대학교 교수)

『학교 가는 길』은 여정 속에서 써 내려간 교육의 기록이자, 사람에 대한 믿음으로 쌓아 올린 진심의 이야기이다. 저자는 교단에서 행정가로, 다시 교실로 돌아오기까지 줄곧 아이들의 눈빛 속에서 교육의 방향을 찾아왔다. 첫 발령을 받던 해에 맺어진 인연 이후 지금까지 그는 한결같이 교육의 중심에서 말보다는 실천으로 가르쳐 주셨다. "교육의 본질은 완벽함이 아니라, 실수를 품고 다시 일어서는 법을 가르치는 것이다."라는 철학은 많은 교사와 학생에게 울림을 주었다. 지금 나는 대학교수로 또 다른 길을 걷고 있지만, 여전히 그 신념은 내 삶의 나침반이 되고 있다. 이 책은 후배 교사들에게 든든한 길잡이가 되고, 교육을 사랑하는 이들에게 깊은 울림과 성찰을 전해 줄 것이다.

김경래(한국교원대학교 교수)

『학교 가는 길』은 그냥 길이 아니다. 학교로 가는 길은 행복한 마음으로 가는 길이고, 책임과 사랑으로 걸어온 길이다. "아이들이 있는 곳이라면 어디든 가겠습니다." "아이들의 표정이 밝아지는 그날까지 최선을 다하겠습니다." 이 말은 필자의 다짐이자, 평생을 관통한 실천이었다. 저자를 떠올리면 가장 먼저 '강한 책임감'이 생각난다. 그 책임감은 진심과 공감, 포용과 희생으로 이어졌고, 아이들의 웃음을 지켜 내려는 노력이 늘 중심에 있었다. 누군가에게 가능성의 문을 열어 주는 사람, 차별 없이 모두를 끌어안는 따뜻한 교육자였다. 제1부 '학교 다녀오겠습니다', 제2부 '학교 다녀왔습니다'에는 그 진심과 열정이 고스란히 담겨 있다. 지금도 저자는 한결같이, 교육이라는 또 다른 사랑의 한가운데에 서 있다.

김수지(전, 서산학부모회협의회장)

『학교 가는 길』은 교육을 향한 한 사람의 철학과 실천이 얼마나 많은 학생들에게 힘이 될 수 있는지를 보여 주는 책이다. 저자는 "우리 학생들에게 실질적인 도움이 되는 정책을 펼치겠다."라는 약속을 행동으로 증명해 왔다. 학생에 대한 깊은 애정과 강한 책임감, 그리고 진취적인 추진력으로 교육의 방향을 제시했고, '행복 교실이 시작되는 곳'이라는 명패를 걸며 학생 중심 교육의 가치를 분명히 드러냈다. 이 책에는 직접 '학교 가는 길' 음악봉사단을 꾸려 등굣길을 찾아다니며 학생들에게 위로와 용기를 전했던 그 진심이 고스란히 담겨 있다. 진정성을 품고 '아이들을 위한 길'을 걸어온 교육자의 삶이 담긴 이 책을 많은 분께 진심을 담아 추천한다.

학교 가는 길

ⓒ 이완택, 2026

초판 1쇄 발행 2026년 2월 20일
　　2쇄 발행 2026년 3월 23일

지은이　　이완택
펴낸이　　이기봉
편집　　　좋은땅 편집팀
펴낸곳　　도서출판 좋은땅
주소　　　서울특별시 마포구 양화로12길 26 지월드빌딩 (서교동 395-7)
전화　　　02)374-8616~7
팩스　　　02)374-8614
이메일　　gworldbook@naver.com
홈페이지　www.g-world.co.kr

ISBN　979-11-388-5419-1 (03810)